373

LA
SOURCE DU BONHEUR.

—

GRAND IN-8°, — 3ᵐᵉ SÉRIE.

Oubliez, mon père, vos souffrances passées ; vous nous êtes
rendu pour toujours.

(LA SOURCE DU BONHEUR.)

LA
SOURCE DU BONHEUR

PEINTURE DE MŒURS

PAR

Mᵐᵉ CLARISSE ARNOULT

Professeur à Blois.

« Le bonheur, c'est connaître, c'est aimer,
« c'est l'activité, l'aspiration vers le souverain
« bien à travers le monde. »

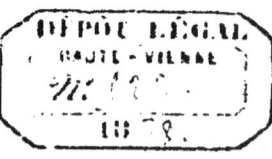

LIMOGES
F. F. ARDANT FRÈRES.
7, Avenue du Midi.

PARIS
F. F. ARDANT FRÈRES.
4, quai du Marché-Neuf.

PRÉFACE.

Lorsque nous examinons la série des faits qui se sont succédé depuis l'origine des temps historiques, nous y trouvons un *enseignement grave et précieux*. Nous y reconnaissons deux sortes de faits dont on doit tenir compte : des faits d'ordre politiques, des faits d'ordre moral; nous remarquons que le bonheur le plus illusoire, ne fut jamais, ou presque jamais le partage du vice, et que les personnages qui sacrifièrent leurs passions au respect qu'ils professaient pour la justice et la vertu, ne furent jamais *malheureux* dans l'acception rigoureuse de cette expression.

Par l'enseignement de l'histoire, nous avons vu comment à certaines époques, s'est ébranlé l'édifice social, et qu'il existe un *ordre essentiel* pour le maintien des gouvernements ainsi que des lois protectrices du droit de tous.

Nous aimons à faire remarquer que l'amour pur de la patrie, l'amour de la justice et du travail, sont des garanties infaillibles pour la prospérité des États, où règne le sentiment religieux sur lequel s'appuient les mœurs, soit privées, soit publiques.

Plus d'une fois, nous nous sommes émue en racontant les persécutions exercées contre des hommes de *génie* ou des âmes *d'élite*, par la jalousie et l'orgueil, ces deux sentiments qui *rabaissent le plus l'humanité;* nous nous sommes attendrie sur le sort de Grégoire VII expirant à Salerne après avoir sauvé le christianisme et la société du moyen-âge; sur les poursuites injustement exercées contre le Tasse malheureux, errant de ville en ville, et laissant sur son passage, l'un des chants de son Épopée; et de combien d'autres personnages marquants, l'injustice n'a-t-elle pas abrégé les jours?...

Voilà comment l'histoire, qui est la justification des destinées de l'humanité, révèle que Dieu a mis à notre portée, des biens qu'il a semé sur la route, afin que chacun de nous puisse être heureux dans la *sphère où il est placé.* C'est là tout le secret du bonheur relatif; (car le bonheur absolu n'est pas de ce monde), et c'est de ce secret que nous voulons tirer notre récit. — Or, pour le dévoiler, nous démontrerons que le bonheur n'est pas le partage de ceux qui se laissent égarer par *l'orgueil*, car il *désunit*, et conseille le *culte sacrilége de la personnalité humaine*; que l'amour, plus sûrement que toute autre puissance, produit le mieux, le progrès; qu'enfin, il est non seulement une joie, mais encore une force.

LA
SOURCE DU BONHEUR.

L'ANCIENNE LIMAGNE.

Entre les sites pittoresques dont la France offre un aspect si varié, il existe dans la Basse-Auvergne, un territoire réputé par sa fertilité et par sa population : c'est la Limagne, c'est-à-dire la partie septentrionale du département du Puy-de-Dôme. Cette région de pays est traversée par les montagnes d'Auvergne qui se rattachent aux Cévennes par le mont Margeride, près duquel se trouve la source du Chapeau-Roux. C'est pourquoi la riante Limagne est très accidentée, et renferme des curiosités d'une grande importance au point de vue de la géologie. — Tout près de Clermont s'élève le Puy-de-Dôme, qui a 1516 pieds d'élévation, et qui rappelle le souvenir de la première expérience

barométrique due en 1653 au célèbre Pascal. — En
suivant la chaîne du Puy-de-Dôme qui s'étend au
sud, à 45 kilomètres, on voit qu'elle se lie à une
chaîne des monts d'Auvergne : c'est le Mont-Doré
près duquel s'étend une charmante vallée. Les pics
sont tous de nature volcanique. Le principal, d'où des-
cendent des sources d'eaux thermales, ainsi que la
Dore qui se joint à la Dogne, pour former la Dordo-
gne, s'appelle Mont-Dore. Sa hauteur égale celle du
Puy-de-Dôme. A 40 kilomètres sud-ouest de Clermont, et sur un plateau domine le bourg de Dore-
les-Bains, où chaque année des malades viennent
chercher leur guérison; enfin à 15 kilomètres nord
de Clermont, sur une hauteur, est située la seconde
ville de l'Auvergne, Riom dans l'arrondissement
duquel sont nés des personnages marquants qui
ont honoré la carrière militaire, la magistrature
et les belles-lettres. — Ils ont vécu ces grands
hommes ! mais les lieux qui les ont vus naître,
sont demeurés fidèles à leur mémoire, malgré les
désastres des révolutions et les transformations opérées par la civilisation et le progrès; quoiqu'il en
soit, la savante tactique, ainsi que le dévouement
de Desaix; le savoir et les vertus éminentes de
Michel de l'Hospital, de même que le souvenir du
premier traducteur de tous les siècles, Dellile, atti-
rent notre pensée, vers des sites qui offrent un
mélange d'affreuses aspérités et de belles perspec-
tives.

SAINT-HILAIRE D'AYAT.

A 30 kilomètres de Riom, sur l'un des plateau dont l'Auvergne est couverte, on aperçoit près
du village d'Ayat, un vieux manoir dont le style
est du xiv⁰ et du xv⁰ siècle. On y retrouve toute la
contexture des temps féodaux. Trois tours noircies
ont quelque chose de sévère, et prédominent la
façade principale; des fossés enceignent cette antique demeure derrière laquelle se trouve un épaisse
forêt. Ni la renaissance, ni le progrès du temps
n'ont modifié l'architecture de ce château qui, depuis un siècle et demi, appartient à la famille
Desaix, dont les membres avaient constamment
suivi la carrière militaire avec distinction.

C'est à Saint-Hilaire d'Ayat que naquit en 1768,
Antoine Desaix qui, aux vertus d'Aristide unissait
le courage du vainqueur de Zama. C'est là qu'il fit
ses adieux à son oncle devenu à la mort de son frère

aîné; héritier la terre de Saint-Hilaire où la famille des Desaix avait laissé de si doux souvenirs.

Antoine Desaix, ayant annoncé dès son bas âge, pour la carrière des armes, les dispositions précoces qui s'étaient révélées chez le vicomte de Turenne, fut placé de bonne heure à l'école militaire d'Effiat. Il en sortit à 16 ans, et ce fut pour entrer sous-lieutenant dans le régiment de Bretagne.

Monsieur Robert Desaix oncle du futur héros de Marengo, fit donc avec l'agrément de son neveu, l'acquisition de Saint-Hilaire, bien qu'il n'eût pas assez de fortune pour en faire sa résidence ; mais il avait promis à son frère mourant, d'administrer la fortune de son neveu jusqu'à sa majorité, et d'exercer sur lui une sollicitude toute paternelle.

« Soyez persuadé, mon cher Antoine, dit M. De-
» saix en l'embrassant, que je ferai tous mes efforts
» pour augmenter votre patrimoine; que je vous
» enverrai régulièrement votre pension ; mais, sa-
» chez aussi, que je vous surveillerez de près. —
» Rappelez-vous les paroles du chevalier sans repro-
» ches qui, refusant les offres brillantes d'Henri VIII,
» s'écria : » « Je n'ai qu'un maître au ciel qui est
» Dieu, un maître sur la terre qui est le roi, je
» n'en servirai jamais d'autres ! »

C'est sous l'impression de ces sages enseigne-

ments, qu'Antoine Desaix s'éloigna du toit paternel, pour commencer sa courte et brillante carrière,
puisqu'elle finit avant le temps, sur le champ
d'honneur, à l'exemple de Gustave Adolphe.

MONSIEUR ROBERT DESAIX.

Appelé à Grenoble en qualité de conseiller au
Parlement de cette ville, Monsieur Robert Desaix dut
après avoir réglé la succession de famille, sacrifier
ses goûts à la loi sacrée du devoir, et vint reprendre
ses fonctions avec le courage d'un Michel de l'Hospital, car la situation de la France offrait peu de
sécurité pour l'avenir. — Depuis l'arrêt rendu par
Louis XV contre le Parlement de Paris, Monsieur
Desaix eût préféré se soustraire à l'orage politique
qui grondait de toutes parts; mais il avait le désir de
se marier, et savait qu'il lui serait plus facile de
faire un choix, en restant dans l'exercice de ses
fonctions, qu'en se retirant du cortège d'hommes distingués qui l'entouraient, et dont il avait su se faire
des amis par la loyauté de son caractère;

LA FILLE DU COMTE DE GRASSE.

A Valette (Provence) habitait un officier de marine qui avait passé par tous les grades; car il
s'était fait remarquer par la lucidité de ses observations ainsi que par la bienveillance de son caractère : c'était le comte de Grasse. Depuis 1773,
il avait pris un congé pour assister aux derniers
moments de sa femme qu'une maladie chronique
ravit prématurément à ses affections, car Madame
de Grasse n'avait pas cinquante ans. Père d'une
fille, l'objet de toute sa tendresse, le comte déclara
qu'il ne prendrait aucun commandement avant d'a-
voir confié la destinée de son unique enfant, à un
mari qui le rassurât sur son avenir. Inconsolable
de la perte de sa femme, le comte respectait en
toute chose ses dernières volontés.

Sur son lit de mort, Madame de Grasse avait
recommandé pour sa chère Valérie, lorsqu'il s'agi-
rait d'une alliance sortable pour elle : le choix d'une

famille irréprochable, un mari distingué par les qualités du cœur ainsi que dans l'exercice de la profession qu'il s'est choisie. Madame de Grasse avait élevé sa fille avec le succès dû à une mère dont l'éducation et l'instruction ont été inculquées avec les lumières de la raison et le sentiment du devoir accompli. Aussi, qui pourrait peindre la scène déchirante qui se passa, lorsque l'heure suprême arrivée, il fallut séparer la fille de la mère qu'elle ne reconnaissait plus. . . . .

Bien que nous ayons assisté à ce triste spectacle, nous préférons n'en pas retracer le tableau; il nous suffit de dire que le souvenir en demeure ineffaçable.

Dès ce moment, Monsieur de Grasse fut tout entier à sa fille, et ne négligea rien de ce qui pouvait recréer son esprit, tout en la préparant aux devoirs sérieux de la vie. Il aimait surtout à resserrer les liens de famille et ceux de l'amitié; ce qui explique comment il vint à Grenoble, et comment aussi, Monsieur Robert Desaix put connaître sa fille qui, a un gracieux naturel, joignait l'amabilité du cœur.

MARIAGE.

En acceptant pour gendre Monsieur Robert Desaix, le comte de Grasse réalisait en quelque sorte,
et les vœux de sa femme, et ses plus chères espé-
rances. De sa part, celui-là avait plutôt recherché
en cette union, les conditions d'un mariage sortable
et la garantie du bonheur, que les avantages
de la fortune, car le comte n'en avait pas, et sa
fille n'apportait en dot, que l'héritage de sa mère,
c'est-à-dire 90,000 francs.

Ce mariage s'accomplit le 18 novembre 1777,
à l'église Saint-Roch, en présence d'une assistance
choisie et imposante. Le fiancé avait pour témoins
le duc de Choiseul retiré à Chanteloup, depuis
qu'une cabale de cour l'avait fait tomber en disgrâce; la fiancée, le bailli de Suffren, l'un de nos
meilleurs amirauxdont le souvenir est cher dans
nos colonies de l'Indoustan.

Après quelques semaines passées au milieu de fêtes données par les amis des deux familles, les jeunes mariés rejoignirent le comte à Valette, et décidèrent d'y passer l'hiver, afin de ne pas se séparer de leur père qui pressentait être appelé à diriger les forces navales qu'on préparait pour l'Amérique. A Valette, Monsieur Desaix reçut un accueil bienveillant de la part des parents et amis de sa nouvelle famille ; cependant quelques-un des membres étaient dispersés à Marseille et à Toulon ; mais pour un jeune ménage, il est agréable de faire ; soit des excursions, soit des voyages. La Provence jouit d'un air très salubre et d'une température égale à celle de mai à Blois, parce qu'elle reçoit les brises de la mer qui raréfient l'atmosphère ; enfin pour l'homme sérieux et instruit, elle a le privilége d'avoir vu sortir de son sol, les principaux ports de France, car à Toulon et à Marseille, on est témoin d'une activité, d'une vie qui rappelle la puissance maritime de Venise au xive siècle.

A ces ressources naturelles et matérielles, vevaient se joindre pour Monsieur et Madame Robert Desaix, les avantages d'une société d'élite, heureuse d'admettre dans son intimité la fille et le gendre du comte de Grasse. Ainsi se passa l'hiver à Valette ; amour réciproque des deux époux, respect pour leur père qui se sentait rajeunir à la pensée du bonheur de sa chère Valérie.

Source du Bonheur.   2

Tant de quiétude et de satisfaction eurent un terme : le 6 février 1778, Louis XVI signait avec les États-Unis un pacte de commerce corroboré d'une alliance offensive et défensive. Aussitôt après on apprit le départ d'une flotte de 12 vaisseaux et de 4 frégates ; tandis que le comte d'Orvilliers sorti de Brest, attendait le moment favorable pour tenter la fortune anglaise. C'est ce qui amena la bataille d'Ouessant, où l'amiral Keppel fut vaincu. Enfin, le ministère ordonnait au comte de Grasse de faire ses préparatifs et de s'embarquer en qualité de chef d'escadre, afin de seconder les efforts de Rochambeau et de Lafayette qui déjà, avaient contribué aux succès des fédérés des États-Unis.

A Valette, il fallut se préparer à une séparation prochaine. Elle se fit à Bordeaux avec l'expression des sentiments les plus tendres et les plus sincères. Rentrés à Valette, Madame et Monsieur Desaix se trouvèrent bien isolés; l'absence du comte de Grasse qu'ils entouraient d'un respect filial, leur laissait un vide immense. On s'aperçut même que la santé de Madame Robert avait souffert des émotions qu'elle avait ressenties. Ensuite on n'avait pas encore reçu de nouvelles de l'escadre commandée par le comte de Grasse ; de sorte que cette incertitude attristait profondément sa chère Valérie. En homme très prudent, Monsieur Desaix respecta la douleur de sa femme, et compta sur le

temps qui adoucit les maux, ainsi que sur leur prochain retour à Grenoble. « Nous partirons Ro-
» bert, quand vous le voudrez, dit Valérie à
» son mari, mais avant, je désire écrire au gé-
» néral Washington, afin qu'il veuille bien s'in-
» former si l'escadre de mon père est arrivé *au*
» *port,* — qu'en pensez-vous? » Je vous approuve,
veuillez continuer Valérie et joindre une lettre à
la vôtre. — Le soir, la double missive fut jetée à
la poste, et l'on vit notre jeune ménage sourire à
l'espérance.

DÉPART DE VALETTE.

Après avoir loué l'habitation du comte de Grasse
et confié à un agriculteur expérimenté le soin des
oliviers et des vignes, Monsieur Desaix fixa le départ au 10 mai, se réservant le soin de préparer sa
femme à la pensée d'abandonner cette agréable
propriété.

Le jour annoncé arriva, et ce fut le cœur serré
que Madame Desaix s'éloigna des lieux où le souvenir de sa mère était vénéré; et où près d'elle,
s'étaient écoulées les plus belles années de sa
vie.

A dix heures par un temps charmant, maîtres et
domestiques se faisaient conduire à Grasse, afin de
prendre place dans la malle-poste qui s'arrêtait à
Dignes, (car les chemins de fer ne datent que de
1825).

Tandis que nos voyageurs cherchaient à contenir leur émotion, un journalier attaché à la culture
du sol de Valette courait après eux en criant :
« Monsieur Robert ! le journal vient d'arriver et je
» vous l'apporte. — Merci, Jean, et l'ouvrant aus-
« sitôt après, Monsieur Desaix lut : »

« L'estafette américaine annonce que le comte
» d'Estaing a remporté une victoire décisive en sau-
» tant le premier sur un retranchement, et qu'il
» a enlevé aux Anglais la Grenade. » — Ce succès, qui eut en France un retentissement considérable, causa une vive satisfaction à la fille et au
gendre du comte de Grasse.

A cinq heures, la poste entra à Dignes, et s'arrêta devant l'hôtel du Mont-Blanc. « Une heure
» de relais ! cria le conducteur descendez, voya-
» geurs ! »

Madame Desaix et son mari étant fatigués, prièrent qu'on leur servit à dîner. Pressés par l'heure du départ, ils ne purent sortir dans la ville qui, malgré son peu d'importance, a néanmoins par ses vieux murs flanqués, un cachet féodal. A six heures, on fit l'appel, afin que les voyageurs qui continuaient la route jusqu'à Briançon, prissent leurs places. « Allons, Messieurs, » nous avons cinq heures de voiture ; montez s'il » vous plaît ! » Madame Desaix et son mari s'installèrent dans le coupé, car ils avaient le plus grand désir de voir les sites pittoresques du Grésivaudan, vaste région du pays du Dauphiné qui eut Grenoble pour capitale, et dont les comtes d'Alby s'approprièrent la principauté qui primitivement avait appartenu aux évêques de Grenoble.

Il était onze heures quand la poste s'arrêta devant l'hôtel du Mont-Cenis, et nos voyageurs enchantés de descendre de voiture, firent l'aveu d'avoir éprouvé plus d'une émotion pendant la route, qui de Dignes à Besançon est accidentée. On y rencontre toutes sortes d'aspérités ; des côtes rapides et rapprochées, si ardues pour les chevaux que plus d'une fois, nos voyageurs se plurent à répéter ce vers qui est un modèle d'harmonie Imitative : « L'attelage suait, soufflait, était rendu. » Cependant personne ne dit mot, mais il n'en est pas moins vrai que Madame et Monsieur Desaix furent désireux de se reposer.

Retirés dans leur chambre, ils furent servis selon leur gré. Le lendemain, ils se levèrent de bonne heure, se pressèrent de fermer leurs caisses, afin de sortir et d'avoir une idée de l'aspect de Briançon défendu par sept forts, et qui a au-dessus de la mer une élévation de 1306 mètres. — A onze heures, notre jeune ménage rentra à l'hôtel pour déjeuner, et prendre du maître de la maison des renseignements qui leur furent très utiles au point de vue de leur installation à Grenoble. Ensuite, afin d'attendre patiemment la voiture, Madame Desaix et son mari vinrent jusqu'au pont de Briançon, pont hardi sur le quel on peut suivre des yeux le cours sinueux et précipité de la Durance, et avoir un aperçu des fortifications de la ville.

A une heure, le son d'une clochette se fit entendre et avertit les voyageurs de l'hôtel du Mont-Blanc que la poste les attendaient. Trois minutes d'arrêt suffirent pour permettre à chacun d'y prendre place. A trois heures et demie, on relaya à Gap; mais on eut à peine le temps de demander la gazette, et de se rappeler que cette ville, l'ancienne capitale du Gapençais, fut prise et saccagée bien des fois. Aussitôt après l'échange des chevaux, la voiture fut entraînée dans une pente douce au milieu d'un sol crayeux ; peu varié et d'un aspect sévère.

Après avoir franchi un espace de 40 kilomètres, nos voyageurs se trouvèrent dans le département de l'Isère. Cette région du sud-est de la France est couverte de forêts abondantes en gibier, et offre aux observations des touristes, des sites, tantôt pittoresques, tantôt agrestes. D'un côté, on suit du regard le cours inégal de l'Isère; d'un autre, on voit s'étendre des prairies où paissent des troupeaux de gros bétail ; enfin, la croupe et le sommet des Alpes au pied desquelles, s'élèvent majestueusement des mélèzes, des sapins, des châtaigniers.

Lorsque la vue est recréée diversement, le temps paraît moins long; c'est ce qui arriva pour Madame Desaix et son mari qui virent inopinément dans le lointain une ville mal bâtie; c'est Grenoble, l'ancien chef-lieu de Grésivaudan.

« Veuillez, conducteur, dit Monsieur Desaix » nous conduire à l'hôtel Vaucanson. » « Je le » ferais volontiers avec un grand plaisir; mais » il faut que je commence par déposer les dépê- » ches à la poste. »

Très bien, mon brave homme, et, ce dernier

stimulant les chevaux, se trouva vingt minutes,
après ce colloque à l'hôtel indiqué. Nos intéressants
voyageurs descendirent de voiture, firent enlever
les bagages, et gratifièrent le postillon de son
obligeance.

ARRIVÉE A GRENOBLE.

Le premier soin de Monsieur Desaix fut de
prier le maître de l'hôtel de préparer un appartement convenable; car ajouta-t-il, nous resterons
ici jusqu'à ce que Madame Desaix ait trouvé
une maison commode et confortable. Des ordres
furent donnés de façon à satisfaire les nouveaux
hôtes. — « Voudrez-vous dit Monsieur Desaix, au
» maître d'hôtel, me rendre le service d'envoyer
» tous les jours à la poste, chercher l'officiel et les
» lettres qui seront à notre adresse? — Vous pouvez
» y compter ; je vais en donner l'ordre tout de

» suite. — Une heure et demie après cet entretien,
» un domestique remit' à Madame Desaix, une
» lettre à son adresse avec le journal l'officiel.
» Une lettre de mon père ! Robert, s'écria Valérie;
» venez que je vous en fasse la lecture. »

Ma chère fille,

« Depuis l'heure cruelle de notre séparation, je
» n'ai cessé de penser à toi et à ton mari. — Ma
» santé est satisfaisante, bien que la traversée ait
» été pénible. — Plusieurs fois, des vents contrai-
» res sont survenus et ont retardé le mouillage de
» mon escadre. Mes hommes se sont bien con-
» duits; et grâce à leur énergie, nous avons jeté
» l'ancre le 19 juillet dans le port de Charles-Town,
» (Caroline du sud). Le même jour, ma chère
» Valérie, j'ai reçu une lettre du général en chef
» de l'armée américaine, Washington qui s'exprime
» ainsi : » « Tout va bien, les succès des fédérés et
» ceux des anglais se balancent; enfin l'Espagne
» vient de signer avec la France, un traité d'al-
» liance offensive. » « Voilà de bonnes nouvelles.
» — Ménagez votre santé, Valérie, ayez du cou-

» rage; faites mes amitiés à votre mari, et que
» Dieu vous garde l'un et l'autre dans l'union la
» plus parfaite. »

Votre père dévoué.

Comte de Grasse, chef d'Escadre.

Charles-Town, le 21 juillet 1779.

Cette lettre causa une vive joie à Madame
Desaix et à son mari qui remarquait avec une vive
satisfaction, que sa femme se fortifiait quoiqu'elle
lui donnât l'espérance de devenir mère.

« Il faut, Valérie, dit Monsieur Desaix, vous
» mettre en mesure de trouver un logement, car
» je désire ne plus avoir à m'occuper de cela
» quand j'aurai repris mes fonctions. — Vous
» avez raison, et dès aujourd'hui il faut y pen-
» ser. »

Après avoir reçu du maître d'hôtel des indi-
cations très précises, notre jeune ménage commença ses promenades dans Grenoble.

On ne peut pas dire que ce fût (à l'époque où
se lie notre récit), une belle ville. Pourtant elle a
d'anciennes et belles églises, une place de laquelle
on aperçoit la cime du Mont-Blanc; enfin elle

offrait alors l'agrément d'une société choisie qui
se faisait remarquer par ses bonnes mœurs, par
un esprit cultivé, et par l'élévation de ses sentiments.

Ces renseignements aplanissaient les embarras
d'une installation ; mais elles ne faisaient pas
trouver un logement à notre jeune ménage.

Un soir que Madame et Monsieur Desaix ren-
traient las et découragés, ils le manifestèrent
au maître d'hôtel qui prit part à leur souci.
« Comment, se fait-il, dit Monsieur Desaix, qu'on
» trouve d'anciennes maisons inhabitées, et que
» les propriétaires de ces immeubles ne louent
» pas ? » « C'est, répondit le maître de la maison,
» que ces hôtels appartiennent à des propriétaires
» qui, sans être riches, ne tiennent pas à un
» revenu de loyer. — Ce sont des personnes qui
» appartiennent à l'aristocratie, et ont des goûts
» plus élevés quoique simples, que les parvenus
» qui veulent briller quand même. Ensuite ajou-
» ta-t-il, ils sont difficiles sur le choix de leurs
» locataires. »

« C'est regrettable, reprit Madame Desaix, car
» nous ne pouvons par rester indéfiniment à l'hô-
» tel Vaucanson, quoique l'on y soit bien. »

Cette conversation, qui avait été entendue par

la maîtresse do la maison, fut brusquement in-
terrompue. « Joseph, dit-elle à son mari, tu ne
» penses donc pas à l'hôtel du Terrail, rue Con-
» dillac n° 25. Tu oublies donc que là, est mort
» il y a trois mois, Monsieur Levau, cet archi-
» tecte de talent qui gagnait tant d'argent ! —
» Malgré cela, continua-t-elle, il a toute sa vie
» couru après le bonheur sans le trouver jamais !
» — Oh ! je n'y songeais pas, ma femme, tu as
» raison, reprit Monsieur Pinard (c'est le nom du
» maître d'hôtel) hé bien ! continua Monsieur
» Desaix, veuillez vous informer si l'on peut vi-
» siter cet immeuble ; et si Monsieur du Terrail
» veut le louer, — en attendant, faites nous servir
» le dîner. »

Les personnes qui ont beaucoup vécu, n'ont pas
été sans remarquer, qu'il est dans le cours de la
vie, des périodes où le malheur nous atteint et
nous retient dans sa chaîne, tels qu'un prisonnier
qui doit passer une partie de sa vie dans une dure
captivité ; souvent aussi la fin de sa triste existence. — Il nous semble qu'il en est de même,
des épisodes de la vie, des événements sur lesquels le vulgaire fait des nouvelles. Il en fut
ainsi pour Madame et Monsieur Desaix qui, après
les ennuis de la journée, devaient la finir par
une émotion.

La salle à manger était bien plus animée que

de coutume, les tables toutes préparées attendaient un certain nombre de convives ; car il y
avait affluence à Grenoble pour la foire annuelle
du gros bétail, attendu que les grands propriétaires avaient l'habitude de venir à la ville pour
suivre le cours des affaires qui décident de leurs
intérêts respectifs. Madame Desaix et son mari
vinrent s'asseoir à leurs places habituelles, et trouvèrent que les convives parlant à la fois, faisaient
un grand bruit. Eux causaient à mi-voix sans se
préoccuper des hôtes ; quand Madame Pinard entra
suivie d'une dame et d'une jeune fille. « Voici
» deux places près de Madame et de Monsieur ;
» vous serez bien, dit Madame Pinard en les
» montrant, — je vais vous faire servir immédia-
» tement, car Mademoiselle a l'air fatigué. — Vo-
» lontiers, répondit séchement la plus âgée des
» deux voyageuses. » — Elle s'assit sans saluer,
et fit placer sa fille à ses côtés.

LES DEUX ÈTRANGÈRES.

La mère était une femme qui paraissait avoir 38 ans; elle avait la taille élevée, la tournure sans distinction, le son de la voix vulgaire.

Cependant sa physionomie annonçait de l'intelligence; mais en la regardant attentivement, on apercevait dans son regard, une expression qui décélait la sécheresse du cœur, l'égoïsme... Par ses grands airs, par sa façon de marcher, Madame Dumoulins (c'était son nom) croyait se donner le cachet d'une grande dame. Elle se trompait! Un œil bien exercé par l'influence d'un esprit judicieux ne se méprend pas. «Il y a dans une grandeur simple, » naturelle, indépendante du geste et de la démar- » che, quelque chose qui a sa source dans le cœur, » et qui est une suite de la haute naissance. » — Madame Dumoulins ne pouvait le céler; elle n'avait qu'une grandeur artificielle. Sa fille laissait une tout autre impression, — son extérieur sympathique avait quelque chose de distingué ; son front élevé annonçait de l'intelligence, son regard parlait le langage de l'amabilité; mais une expression de tristesse, de crainte en altérait la vivacité : Tel qu'un ruisseau limpide dont le cours est troublé par le gravier qui tombe de la montagne.

Dès que Madame Desaix et son mari eurent dîné, ils se retirèrent dans leur appartement avec une impression vague, pénible, dont ils eussent voulu se rendre compte. — Mais l'opportunité du moment manquait..... Et comme le temps était incertain ils passèrent la soirée à lire une partie de la tragédie de Virginie, l'une des meilleures pièces d'Alfieri (alors à l'apogée de ses succès) qui, on le sait, ayant l'âme toute pleine de passion pour la justice et contre la tyrannie, eut en composant ce drame, l'âme toute romaine.

VISITE A L'HOTEL DU TERRAIL.

Le lendemain, Monsieur et Madame Desaix consa-
crèrent l'après-midi à visiter la maison dont on leur
avait parlé. Arrivés, rue Condillac n° 25, ils frappè-
rent et furent reçus par un concierge qui les salua
respectueusement. Après avoir écouté ce que récla-
maient de lui les visiteurs, le gardien se mit à leur
disposition ; et, prenant les clefs confiés à sa garde,
il dit : « Veuillez me suivre, Monsieur, cette maison,
» dit l'homme de confiance (avec le ton d'un cicerone
» des édifices publics de Paris), fut jadis *la demeure*
» *de l'évêque de Grenoble, monseigneur du Terrail,*
» qui dirigea l'éducation du chevalier Bayard dont la
» dépouille mortelle a été rapportée dans notre
» cité ; » c'est donc une antique demeure ! Elle est
si vaste que plusieurs familles peuvent l'habiter. —
C'est vrai, répondit Monsieur Desaix, aussi est-ce trop
grand pour nous qui avons peu de famille. Néan-

moins les visiteurs entrèrent dans toutes les pièces de l'hôtel ; après avoir réfléchi, ils se laissèrent séduire par l'attrait d'un vaste jardin, et firent des propositions au concierge en le priant de les communiquer à monsieur du Terrail. — Il s'agissait de faire restaurer les apartements, que le désordre avait dégradés, et d'isoler un pavillon qui devenait inutile à notre jeune ménage. « Vous auriez l'obli-
» geance, dit Monsieur Desaix de venir me trouver à
» l'hôtel Vaucanson que j'habite, et de me donner
» une réponse le plus tôt possible. » — Certainement Monsieur, répondit le concierge; et, recondui-
sant Monsieur et Madame Desaix jusqu'à la porte, il exprima le désir de les avoir pour locataires.

Rentrés à leur demeure, ils racontèrent à Monsieur Pinard l'entretien qu'ils avaient eu avec le concierge de la maison en question. « Maintenant, continua
» Monsieur Desaix, nous attendons la réponse du pro-
» priétaire, et je désire qu'elle soit favorable, car
» demain je reprends l'exercice de mes fonctions
» au Parlement. » C'était le 1ᵉʳ août.

Bien d'autres femmes que la fille du comte de Grasse se fût ennuyée, eût ressenti des malaises de tout genre, à la pensée de passer les après-midi seule, et privée de la surveillance qu'exige une mai-son. Mais comme nous l'avons dit, une mère d'une haute distinction avait appris à Madame Desaix que e travail est une utilité, un devoir et un bienfait;

de sorte que par les travaux de son sexe, par des lectures susceptibles de grandir l'intelligence et d'inspirer de généreux sentiments, cette jeune femme trouvait que le temps fuit rapidement.

Ensuite, habituée à discerner que la politesse exerce sur la famille le même ascendant que la moralité sur la société en général ; que surtout, elle ajoute la bonne grâce à la bonté du cœur, Madame Desaix effaçait l'absence de ceux qui lui étaient chers par une correspondance régulière.

Chaque semaine elle écrivait à son père avec la même tendresse que Marie Leczinska à Stanislas, Leczinski retiré en Lorraine. — Tous les quinze jours, elle adressait avec l'expression d'une tendresse maternelle, des conseils à son neveu qui s'en montra toujours reconnaissant. Aussi, Monsieur Desaix s'empressait-il de revenir auprès de sa chère Valérie, heureux de reconnaître en elle, la femme, raisonnable qui discerne, qui apprécie et qui aime !!!! Et empressé de la dédommager par quelques distractions, il se mettait à sa disposition.

Plusieurs jours se passèrent sans qu'on entendît parler des propriétaires de la maison de la rue Condillac ; tandis qu'à l'hôtel Vaucanson, on était initié au mystère qui voilait la démarche de la dame qu'on avait vue avec sa fille se diriger rue Saint-Bruno, où était située la maison religieuse des dames Bernardines.

MESSIEURS PÉRIER.

Deux messieurs qui venaient de Clermont, s'arrêtèrent à Grenoble; d'abord pour se reposer avant de
se rendre à Urriage, ensuite pour voir quelques anciens amis de famille : c'étaient l'intendant de l'Auvergne, Monsieur Périer, et son fils Arthur. Le père
fonctionnaire très honorable, jouissait de l'estime
générale, et son fils, destiné au barreau, ajoutait à
un sens supérieur, les plus brillantes qualités. Ils
avaient précisément quitté Clermont au moment où
l'on répandait une nouvelle qui causait une consternation profonde. « Bien que chacun parlât à sa
» manière, dit Monsieur Périer, en dinant à table
» d'hôtes on accrédite néanmoins, que Madame Du-
» moulins qui habite le château de la Roche, a con-
» traint sa fille à entrer au couvent, sur le prétexte,
» que cette pauvre enfant (car elle est charmante)
» est jalouse de son frère, qui certes, est bien loin
» de l'égaler! On ajoute que cette femme profite de

» ce que son mari est frappé de paralysie, pour re-
» courir, non à l'un de ces regards enchanteurs qui
» couvrent le mensonge ou une trahison ; mais à
» un de ces poisons subtils dont l'effet est infailli-
» ble ; à ce venin qui, semblable à celui de cer-
» taines plantes s'infiltre habilement et produit
» les mêmes résultats : Ce venin est l'égoïsme, le
» culte du moi. — Voilà, continua Arthur Périer
» avec un sentiment d'indignation, ce qui, à notre
» départ, intéressait la société de Clermont, nous
» n'y rentrerons pas avant deux mois, parce qu'après
» la saison d'Urriage, mon père et moi ferons des
» excursions dans les Alpes et en Savoie. — D'ici-
» là, on aura sans doute des détails. »

VISITE DE MONSIEUR DU TERRAIL.

Monsieur Desaix eut bientôt une réponse favorable de Monsieur du Terrail, qui vint lui-même à
l'hôtel Vaucanson rendre visite à son futur locataire.
— Il était deux heures, quand Monsieur du Terrail

s'y présenta. Introduit à l'appartement de Madame Desaix, il la trouva seule. (son mari siégeait au Parlement). Assise devant une table, elle écrivait à son père une lettre où respiraient la tendresse filiale et le respect. A l'entrée du visiteur, la fille du comte de Grasse se leva, et salua avec un naturel plein de grâce, tout en rougissant un peu, car la pudeur est à la jeune femme comme il faut, ce qu'est pour les fleurs le zéphir auquel elles doivent leur fraîcheur. « Je regrette, dit Madame Desaix, que mon mari ne » soit pas ici pour vous recevoir, et je crains d'être » dans l'impossibilité de satisfaire à ce que vous » désirez. — Détrompez-vous, Madame, reprit l'in- » terlocuteur ; quoi qu'il arrive je serai très flatté » d'avoir eu l'honneur de vous voir. — Je suis, » continua-t-il, le propriétaire de la maison que » vous avez visitée rue Condillac, et je viens trou- » ver Monsieur Desaix pour traiter avec lui. »

« Je pense reprit cette jeune femme, que son » absence n'est qu'un retard ; veuillez prendre la » la peine de revenir. — Mon mari rentre de qua- » tre à cinq heures, et aujourd'hui, plutôt que de » faire notre promenade habituelle, nous vous atten- » drons. » Puis s'inclinant de sa place, Madame Desaix laissa partir Monsieur du Terrail.

Rentré à son heure habituelle, Monsieur Desaix attendit la visite du propriétaire qui ne tarda pas à se présenter. Nous passons sous silence un entretien peu attrayant pour des lecteurs et qui eut pour résultat de traiter l'affaire en question. Un sursis d'un mois fut demandé par Monsieur du Terrail pour faire les restaurations indispensables à la maison; et il eut la gracieuseté de prier Madame Desaix d'apporter à ces travaux les décisions de son goût.

Avec la certitude de s'installer avant les vacances de la magistrature, Valérie et son mari achetèrent leur mobilier, et firent en sorte, que tout fût prêt avant de partir pour Saint-Hilaire, afin d'y jouir tranquillement des charmes de la campagne.

Tout s'arrangea pour le mieux, et le 1er septembre, Monsieur et Madame Desaix quittèrent l'hôtel Vaucanson où ils avaient reçu des soins dont ils furent très reconnaissants envers les maîtres de la maison.

Toutes les familles de Grenoble étant à la campagne, Monsieur Desaix se borna à faire des visites officielles, se réservant à son retour de vacances, la satisfaction de commencer avec sa femme des visites générales. Partout il fut accueilli cordialement, et touché qu'on lui exprimât le désir de connaître Madame Desaix; néanmoins, ils eussent cru manquer aux convenances, que de partir sans aller à leur tour trouver Monsieur du Terrail à sa demeure.

CHATEAU DE BAYARD.

A six lieues de Grenoble, non loin d'Allevard, et près d'une vallée délicieuse, s'élève l'antique demeure d'Aymon du Terrail père du preux *chevalier Bayard*. Avant d'y arriver, on longe la lisière d'une forêt spacieuse et ombreuse dans laquelle, assurément, Bayard vint souvent faire des excursions pour s'exercer à monter à cheval.

Bayard est un vieux castel dont l'architecture rappelle le genre ogival : tout y est simple. On y arrive en descendant un coteau couvert de vignes ou de maïs, puis en montant un peu, on passe par une allée spacieuse ornée de pins, de frênes, et d'aliziers; ensuite sur un pont-levis et par une porte ronde très grande qui sert d'entrée à la cour d'honneur, et au milieu de laquelle, un vaste bassin à l'eau claire et limpide attire sur ses

bords de superbes cygnes. Un perron à dix marches,
conduit à la porte de l'intérieur du château, dont
les pièces sont vastes, décousues et d'une grande
simplicité, car les meubles sont en chêne, (du reste
l'acajou n'était à cette époque connu qu'en Angleterre).

Pourtant, il y avait dans cette habitation un luxe
que le xixᵉ siècle a banni et auquel on a substitué
les spécimens de la vanité et de l'ostentation. Ce
luxe consistait en des bronzes, qui représentaient le
portrait des grands hommes dont le souvenir devrait
être cher à la France.

Dans les corridors, c'étaient les bustes de Sully, de
Catinat, de Montesquieu et de saint François de Sales. — Dans le salon un canapé de forme carrée et
couvert de velours jaune, ainsi que des fauteuils de la
même forme, en faisait le seul ornement. Que dis-je?
— Les panneaux de cette appartement étaient ornés
de tableaux de maîtres ; une cène du Titien, le
sommeil d'Antiope du Corrège, un portrait de saint
Bruno de Lesueur, une copie du sermon sur la
montagne, d'après le premier paysagiste du xviiᵉ
siècle, Claude Lelorrain.

La salle à manger était immense, boisée, et sans
autre ornement qu'une table carrée en bois peint;
mais autour de cette pièce étaient des chaises faites
sur le même modèle. Tels étaient la distribution et

le cachet que remarquèrent au château de Bayard,
Monsieur et Madame Desaix, lorsqu'ils firent visite
à Monsieur et Madame du Terrail.

C'était un dimanche par un de ces beaux jours
qui font dire au savoyard : « par un soleil d'été,
» que les Alpes sont belles! » Arrivés a Bayard
les locataires de l'hôtel rue Condillac y reçurent
un accueil des plus aimables. La conversation roula
sur la beauté des sites auxquels la variété donne
tant d'attraits; sur la société de Grenoble, et sur
tout ce qui fait le charme d'une conversation dans
un salon de personnes du monde; enfin , Madame du Terrail pria notre jeune couple de venir
dîner avec eux avant de partir en vacance, Madame Desaix et son mari insistèrent, alléguant
certains préparatifs qui leur restaient à faire ; pourtant les maîtres de la maison, renouvelèrent leur
invitation avec tant de grâce, qu'ils acceptèrent, et
l'on convint du 6 septembre. Ce jour-là, le château
était plus animé que de coutume; on avait fait des
frais, non par ostentation, mais plutôt comme une
marque certaine de la sympathie dont Madame et
Monsieur Desaix étaient l'objet.

La réception fut charmante, et égayée par les
ébats des petits-enfants des amphytrions. — Après
le dîner on sortit dans un parc attenant à la forêt;
et quand le crépuscule eut succédé au coucher du
soleil, on revint au salon. Les dames causèrent

entre-elles; et les hommes sérieux heureux de s'adresser à Monsieur Desaix, firent tomber la conversation sur une affaire très importante qui devait être appelé devant le Parlement de Grenoble.

LES VACANCES A SAINT-HILAIRE.

Après avoir mis tout en ordre dans leur maison, Monsieur et Madame Desaix partirent pour Saint-Hilaire, ils quittèrent Grenoble le 8 septembre, et n'arrivèrent à leur château que le 10, afin que le voyage ne fatiguât point Valérie. Comme le garde de la terre les attendait, et que leurs domestiques (seulement au nombre de deux) étaient partis d'avance, tout fut prêt pour les recevoir.

Le lendemain de leur arrivée, fermiers et journaliers du village vinrent à Saint-Hilaire saluer la bienvenue de leurs maîtres, heureux aussi de se

trouver dans des lieux si chers à leur souvenir.
Monsieur Desaix eut beaucoup à voir et à faire ;
bien qu'il eût peu de fortune, il préférait s'imposer
des privations de plaisir et maintenir sa propriété
dans un bon état. Il atteignait son but.

Plusieurs jours après leur installation, Monsieur
Desaix reçut une lettre de son neveu qui, ayant
subi d'excellents examens, projetait de venir passer
une partie de ses vacances auprès de son oncle.
« C'est moi, dit Valérie, qui vais répondre à Charles pour lui exprimer toute la satisfaction que nous
aurons à le recevoir et à le récompenser de ses
succès. » Très flatté de l'amabilité de sa tante,
Charles Desaix accourut, et arriva le 15, enchanté
de mettre un peu de côté ; et les versions latines et
la géométrie. Le dimanche suivant, Monsieur et
Madame Desaix assistèrent à la messe du village
d'Ayat, car il n'y avait pas de chapelle à Saint-
Hilaire. Le curé, habitué à ne voir dans sa modeste paroisse que des gens aux mœurs rustiques,
fut très heureux de reconnaître à l'église, les châtelains de son hameau. Après l'office, il se contenta
d'offrir ses compliments à ses nouveaux paroissiens,
se réservant l'honneur de leur faire une visite.

LE PASTEUR D'AYAT.

Dans ce ministre de Dieu, on retrouvait la simplicité des apôtres se faisant un adieu éternel, avant de se disperser par toute la terre. Rien n'annonçait la distinction en Monsieur Clément (c'est son nom), mais on reconnaissait en lui, un esprit droit, un cœur excellent et le dévouement d'un Vincent de Paul.

Ce pasteur vint donc faire sa visite l'un des premiers jours de la semaine. Introduit au salon, Monsieur Clément fut reçue par Madame Desaix, qui travaillait à la layette de l'enfant auquel elle espérait donner le jour. Après avoir échangé les compliments d'usage, Valérie fit appeler son mari qui vint presque aussitôt, et fit un accueil cordial au curé de sa paroisse.

« Nous habitons, à notre regret, si peu Saint-
» Hilaire, que nous connaissons à peine nos voi-

» sins. Du temps de mon père, il y avait des per-
» sonnes à voir jusqu'à Riom. — Tout change !
» continua-t-il : ainsi la guerre de sept ans a dé-
» peuplé la France autant qu'elle l'a ruinée ; nous
» soutenons en ce moment, avec l'Angleterre une
» guerre dont nous ignorons le résultat, tout cela
» jette conséquemment un voile de tristesse qui
» paralyse les esprits sérieux. Pour notre part,
» notre beau-père lutte contre les flottes anglaises ;
» et nous sommes toujours dans l'attente de rece-
» voir de ses nouvelles. »

Sous le charme de cette conversation intéressante, le temps avait passé rapidement, lorsque
tout à coup, Monsieur Clément se leva pour prendre congé des propriétaires de Saint-Hilaire. —
« Pourquoi, Monsieur le curé, dit Valérie partez-
» vous ? l'heure du dîner approche ; acceptez le nôtre.
» — Impossible, Madame, j'ai plusieurs malades à
» visiter, entre autres, un de vos voisins, le pro-
» priétaire de la Roche, Monsieur Dumoulins atteint
» de paralysie, il a toute sa connaissance, de sorte
» qu'il souffre plus moralement que physiquement.
» En ce moment il est en proie à un chagrin qui
» le conduira au tombeau : sa fille, sa chère Amélie
» dont la piété filiale rappelle celle d'Antigone,
» vient de lui être enlevée pour être placée aux
» Bernardines de Grenoble. On prétend, que sa
» mère qui ne l'a jamais entourée des tendresses

» de l'amour maternel, a excité contre elle, la ja-
» lousie de son frère qu'elle préfère à tout. Elle
» a fait valoir, que Mademoiselle Amélie doit
» s'estimer très heureuse de passer les plus belles
» années de sa jeunesse avec de bonnes religieuses,
» qui assurément lui feront connaître les dangers
» du monde, et entrevoir que le plus sage parti
» est de se consacrer à Dieu. Mais, c'est à ne pas
» croire ce que vous nous dites, s'écrièrent Valério
» et son mari; et il est sûr que nous n'eussions pas
» ajouté foi à cela dans la bouche d'un autre.
» Hélas! ajouta le pasteur en se levant, ce n'est que
» trop vrai ! » Ensuite, il s'éloigna.

Plusieurs jours se passèrent sans que notre jeune
ménage pût faire des visites éloignées; ils attendaient pour les commencer, que Charles, leur neveu, attendu avec anxiété fût arrivé. Il vint surprendre son oncle et sa tante plustôt qu'ils ne
l'avaient espéré, et en fut très joyeux. Doué d'un
cœur affectueux, d'un caractère franc et loyal,
Charles fut entouré des soins les plus tendres par
ses parents adoptifs qui s'efforçaient de lui faire
oublier qu'il était orphelin. On se proposa à Saint-
Hilaire de le distraire, et de lui faire connaître quelques petits garçons de son âge, afin de l'encourager à satisfaire ses professeurs comme il l'avait fait
jusqu'à présent.

VISITE A MONSIEUR HARLAY.

Valérie et son mari, commencèrent leurs visites par Riom où se trouvaient quelques personnes dont Monsieur Desaix connaissait les antécédents. Une heure de voiture suffit pour faire la route de Saint-Hilaire à Riom; et, y étant arrivés, ils se firent descendre à la porte du bailli (Monsieur Harlay). Ce magistrat était la personnification de ces légistes qui étudient la jurisprudence toute leur vie, et qui se considèrent préposés par Dieu pour rendre la justice et défendre l'opprimé; enfin, Monsieur Harlay possédait la grandeur d'âme d'un Mathieu Molé.

Lorsqu'on vint lui annoncer que Madame et Monsieur Desaix les attendaient au salon, il se rappela la considération dont jouissait cette famille, et fut enchanté de recevoir le jeune ménage qui venait le trouver si gracieusement.

Cette entrevue fut des plus cordiale ; on causa à
cœur ouvert du passé, du présent, et la gaieté ne
fut point exclue de la réception.

« Nous avons, dit Monsieur Harlay, un de nos
» éminents fonctionnaires en Dauphiné, Monsieur
» Périer, avec lequel j'ai d'excellents rapports. Il
» est fatigué, et son fils a insisté (d'après l'avis du
» médecin) pour qu'il allât à Urriage ; au reste, il
» accompagne son père. »

« Ce sont sans doute, reprit Valérie, les deux
» messieurs que nous avons vus à l'hôtel Vaucan-
» son, et qui étaient sous la triste impression d'un
» événement qui fait bruit dans tout le pays. —
» Vous y êtes, Madame, repartit le bailli, c'est ce
» qui se passe au château de la Roche : la Roche,
» continua-t-il avec émotion, le berceau de Michel
» de l'Hospital dont la vie a été irréprochable, est
» tombé entre les mains d'une famille qui est loin
» de pratiquer les vertus patriarchales qu'on y ad-
» mirait jadis!... Pourquoi, le temps efface-t-il ce
» qui doit demeurer ineffaçable ? — J'ai tort,
» ajouta Monsieur Harlay, de vous entretenir de
» choses qui rabaissent la société ; mais, si vous le
» désirez, je puis vous donner sur la famille Du-
» moulins, quelques notes qu'on m'a confiées (car,
» je crains d'être par la suite appelé pour cette affaire
» devant un Parlement quelconque). Volontiers,

» répondit Monsieur Desaix ; ces notes me sont
» utiles. » Et tirant un cordon de sonnette, Monsieur Harlay pria son secrétaire de lui apporter
les papiers renfermés dans le carton numéro 15.

« Avant de nous séparer, mon ami, dit Robert
» Desaix au bailli, je veux que vous me promettiez
» de venir nous voir ; je sais que vous aimez la
» chasse, et je désire que vous profitiez de mon
» séjour à Saint-Hilaire pour vous délasser de vos
» fatigues de bureau, par cet exercice salutaire.
» Par imitation je prendrai mon fusil, de sorte que
» nous nous promènerons avec un air de vouloir
» tout abattre ; air qui effraiera les braconniers. »

« J'accepte avec grand plaisir, répondit Monsieur
» Harlay en serrant la main de Monsieur Desaix ;
» et vous, Madame, agréez mes respectueux hom-
» mages. » Cette visite qui avait été longue et d'un
agrément réciproque ne permit pas aux châtelains
de Saint-Hilaire, d'en faire plusieurs. Ils se bornèrent à se présenter chez le grand-maître des eaux-
et-forêts de la province, qui était absent. Quant à
Charles, il revint enchanté d'avoir pu faire acquisition de lignes, d'hameçons et de livres ; c'était le
moyen de diversifier ses délassements. Rentrés à
leur habitation, Madame Desaix trouva à son adresse
une lettre de son père.

Ma chère fille,

« J'ai reçu votre dernière lettre qui m'a comblé
» de joie. Vous ne doutez pas combien, il m'en coûte
» d'être loin de vous, — j'ai une petite compensation
» en la soumission et la bonne intelligence de mes
» hommes qui me secondent de tout leur pouvoir.
» — En ce moment, nous travaillons pour préve-
» nir l'envoie des renforts anglais. — On parle
» de l'arrivée de l'amiral Rodney, et nous nous
» tenons sur nos gardes, — j'ai des rapports pleins
» de cordialité avec le général Washington dont le
» calme est admirable. Je vous embrasse avec
» l'effusion de ma tendresse, vous et votre cher
» Robert.

» Comte DE GRASSE. »

Savanvach, le 25 août.

Cette missive satisfit Valérie qui pleura d'émotion
en la lisant à son mari. « Espérons, dit-elle, que la
» France aura le succès, et que nous reverrons bien-
» tôt notre père ; je crains toujours, ajouta-t-elle,
» que son dévouement ne l'emporte et ne l'expose
» tel que le firent Jean-Bart et Tourville, qui ne
» voyaient que l'honneur du pavillon français, —

» Ne vous préoccupez pas en vain, Valérie, reprit
» son mari. — Espérons tout de la sagesse et de
» la bonté divines. »

Pour faire diversion aux hypothèses, Valérie se
mit au piano et exécuta avec une mesure et un
sentiment musical parfaits, un des opéras de Ra-
meau, Hypolyte et Aricie. A six heures, le son de
la cloche rappela Charles qui s'amusait dans le
parc. Pendant le repas, la conversation eut pour
objet les excursions de la journée, et le désir de
connaître ce qu'étaient leurs voisins, Monsieur et
Madame Dumoulins.

LA ROCHE.

La Roche était un ancien manoir, bâti sur un roc
au xiv⁰ siècle. Il avait subi plus d'un assaut : d'a-
bord par la main forcenée des Jacques ; ensuite par
le glaive des Anglais qui, durant la guerre de cent

ans, portaient partout la ruine et la désolation dans
le royaume. Aussi, lorsque Michel de l'Hospital,
qui avait passé dans l'exil les plus belles années de
sa jeunesse, revint en France, se borna-t-il à con-
struire sur les remparts dont l'ennemi n'avait pu
s'emparer, une modeste habitation à laquelle il se
plut à conserver le cachet féodal qu'elle avait primitivement. Et, afin d'en rendre l'aspect moins sévère,
le chancelier y fit des plantations de châtaigniers, de
mélèzes et de bruyères. Telle était la simplicité de
cette antique demeure quand Monsieur Dumoulins
en fit l'acquisition. Agrandir, assainir et restaurer
la maison dans le style de son époque, ce fut le seul
but du nouveau propriétaire. Appréciateur du système
de l'économiste Écossais, Adam Smith, Monsieur Dumoulins se plut à l'appliquer en élaborant les principes du maître ; c'est-à-dire, l'agriculture et le
travail.

Monsieur Dumoulins n'avait pas un esprit brillant,
mais droit, ni une imagination à rêver un bonheur
idéal, mais un cœur franc et loyal. Il s'était créé
une vie active et profitable à tous. Il était donc tout
naturel qu'il cherchât à compléter les jouissances
que son savoir faire lui procurait, par la vie douce
de la famille.

PROJETS DU MARIAGE.

Par les services que le propriétaire de la Roche rendait dans l'arrondissement de Riom, il était considéré des personnes notables du pays. Monsieur le curé de cette ville, allait de temps en temps à la Roche et revenait toujours satisfait de l'accueil qu'il y trouvait. Plusieurs fois, Monsieur Germain (c'est le nom du pasteur), avait exprimé à Monsieur Dumoulins qu'il souhaitait ardemment de voir près de lui, une compagne digne de contribuer à son bonheur.

« Vous vous occupez, disait Monsieur le curé,
» c'est très bien, vous ne négligez rien de ce qui
» peut adoucir le sort de l'indigent, je vous en féli-
» cite; mais Monsieur l'isolement est une triste
» chose ! D'ailleurs, Dieu a dit : malheur à celui
» qui vit seul !

» Vous avez raison, répondait Monsieur Du-
» moulins, mais une femme qui sache se trouver
» heureuse dans son intérieur ; qui n'appréhende
» pas le calme plat de la campagne, n'acceptera
» pas ma main. — J'ai tant vu de ménages peu
» heureux, que la crainte qu'il n'en soit ainsi, me
» retient. — Vous raisonnez sagement, continuait
» Monsieur le curé ; cependant, vous avez assez de
» fortune pour prendre une femme qui vous
» convienne. — Peut-on choisir, quand le plus
» souvent, on est entraîné par ceux qui ne cher-
» chent qu'à satisfaire leur intérêt personnel ?......

LA FAMILLE DE VILLE.

A 2 kilomètres d'Aigueperse, dans une petite
maison très agréablement située, s'était retiré un
ancien capitaine d'infanterie qui, froissé dans son
amour-propre ; n'avait pas eu le courage de suivre
sa carrière jusqu'à l'âge de la retraite. Monsieur de

Ville avait épousé Mademoiselle le Tellier qui ne lui
avait point apporté de fortune, mais un nom dont
elle était très fière, car elle avait pour ancêtres, le
chancelier le Tellier et le marquis de Louvois. — De
cette union étaient nés trois enfants ; lourde tâche
à remplir pour des parents qui, obligés de calculer,
doivent comprendre qu'à un beau nom, il faut
ajouter le mérite personnel. — Mais il est rare de
trouver un bon esprit qui découvre le devoir, qui
démontre l'engagement de le faire avec péril ; car
il inspire le courage..... Cette sagacité fit défaut au
capitaine de Ville qui s'abusait, et se flattait qu'avec
des protections on arrive quand même. L'aîné de
ses enfants était un fils, Louis, destiné à la carrière
militaire ; venaient ensuite deux filles Bérengère
et Henriette. Louis fut placé dans une école militaire où l'on eut égard aux services rendus par son
père ; quant à ses sœurs, élevées au foyer domestique, elles eurent pour professeurs leur père et leur
mère.

Or, enfermées dans un cercle étroit, avec une
religion sans lumières et sans amour, elle ne furent point habituées à associer leur âme aux actes
qu'inspire le dévouement. Décorées à peine de
quelques légers talents, dépourvus de toute justesse
d'esprit, Bérengère et Henriette devaient apporter
dans le monde, avec une tête vide et oiseuve, une
ignorance sur tous les devoirs, une imprévoyance

sur les dangers, surtout une ardeur insensée pour
l'indépendance.

Quoi qu'il en fut de l'éducation de Mademoiselle
de Ville, Monsieur le curé demanda la main de
l'aînée pour Monsieur Dumoulins, avec la convic-
tion que la fortune du propriétaire de la Roche ferait
le bonheur de Bérengère qui, de son côté, offrait
à son fiancé un titre et la beauté. Heureux de
bénir une union qui lui offrait la garantie d'un
mariage chrétien, Monsieur Germain accéléra la di-
cision des deux partis, sans considérer s'il y avait
des rapports d'éducation, de sympathie et de caractère. Ce mariage décidé en six semaines, s'accomplit à la joie de la famille de Ville, qui voyait déjà
dans Bérengère la châtelaine de la Roche.

Il en fut de cette union ce que le lecteur pressent,
d'abord, Madame de Ville et sa fille contraignirent
Monsieur Dumoulins à écrire son nom en deux
mots, et à signer du Moulins Lettelier. — Peu à
peu cette femme, qui sut alimenter la passion naissante de son mari, réussit par une adresse que
réprouvent la sagesse et la délicatesse, à s'emparer
de son esprit, telle qu'une jeune fille qui n'a point
été préparée aux devoirs graves et actifs d'épouse
et de mère.

Or le lecteur est persuadé d'avance que l'éducation que Madame du Moulins avait reçue, fut celle

qu'elle inculqua à ses enfants. «Que peut-on attendre
» d'une femme dans l'esprit de laquelle on n'a jamais
» réformé les tendances à la domination, si ce n'est
» qu'elle se croit sans l'être, supérieure à un autre,
» et qu'elle le fait sentir à son mari ? » Si à défaut
de bon sens, Madame du Moulins eût possédé les
mouvements simples du cœur auquel la femme doit
l'ascendant qu'elle exerce autour d'elle, on serait
porté à l'excuser d'avoir adopté pour ses enfants,
une éducation réglementaire qui enchaîne la raison
préférablement à celle qui la développe. Mais cette
femme astucieuse, qui rappelle la conduite d'Isa-
beau, cherche d'abord à persuader à son mari, que
dans l'intérêt de sa santé, il ferait bien de se dé-
charger sur elle, de la responsabilité de ses affaires ;
qu'ensuite, pour augmenter sa fortune, il serait
avantageux qu'il s'associât, soit à une maison de
banque, soit à des industriels. « Vous voyez, disait
» Madame du Moulins, avec vos propriétés, on ne
» jouit de rien. » Sous le charme séducteur de cette
femme adroite, Monsieur du Moulins céda à ses
instances, et sacrifia deux cent mille francs pour la
fondation d'une usine métallurgique dans l'Aveyron.
Que de fois, hélas! l'excellent propriétaire de la
Roche regretta la tranquillité de sa vie passée, quoiqu'il aimât tendrement ses enfants! L'un de ses
plus grands chagrins était de voir sa fille dotée des
plus brillantes qualités, être la victime de l'injustice
de sa mère qui lui préférait son frère dans le cœur

duquel elle insinuait le germe des passions qui bri-
sent les liens de la famille, et entretiennent la zizanie
dans les sociétés.

Anticiper sur l'avenir, c'est nous le savons, défier
la Providence ; mais comment se fait-il, qu'il est des
âmes qui pressentent les épreuves dont leur existence est traversée? Cette réflexion qui tient de
l'ordre surnaturel, ne peut être éclaircie, qu'en don-
nant la certitude qu'il y a en nous, un Etre qui ne
tombe pas sous les sens, et qu'on appelle *Esprit;* et,
c'est précisément, cet *esprit* qui réagissait sur les
facultés d'Amélie, et que Madame du Moulins ne
voulait ni reconnaître, ni cultiver.

C'est pourquoi, quand, à des heures très rare-
ment renouvelées, Amélie pouvait s'épancher dans
le cœur de son père, l'un et l'autre éprouvaient une
si douce satisfaction qu'elle ranimait dans leurs
cœurs le courage et l'espérance.

« Mon père, disait Amélie, que je suis malheu-
» reuse de vous voir si souvent seul, tandis que
» maman va partout où il lui plaît. — Pourquoi ne
» vous laisse-t-elle pas diriger l'éducation de mon
» frère plutôt que de le laisser sous la coupe d'un
» maître, qui ne sait, ni se faire craindre, ni se
» faire respecter? — Pour moi, papa ajoutait
» Amélie, maman trouve que j'en saurai toujours
» assez, je serai une femme de ménage, voilà
» tout.

» Cependant je vous assure, que j'étais désireuse
» d'acquérir les connaissances que possèdent les
» femmes appelées à vivre dans le monde ; je sais
» bien, qu'il n'est pas indispensable d'avoir une
» instruction supérieure ; mais encore, faut-il es-
» sayer d'égaler les femmes comme il faut. — Tu
» as raison, ma chère Amélie, reprenait Monsieur
» du Moulins, je gémis comme toi de tout ce que
» tu vois, hélas !... et les larmes s'échappaient de
» ses yeux. Pourtant, il ne faut pas te désespérer,
» ma fille, je vais aviser à te faire conduire à
» Clermont pour prendre des leçons de Madame
» de la Fayette, aussi recommandable par ses ta-
» lents que par ses vertus. Oh ! papa, je profiterai
» bien des sages conseils de cette dame, croyez-le
» bien, et je m'efforcerai de lui en exprimer ma
» reconnaissance. Embrasse-moi, Amélie, et re-
» tourne vers ta mère, qui n'aime pas nos affec-
» tueux entretiens. » — Ils ne devaient plus se
renouveler : quelques jours après celui qui avait
remonté le moral d'Amélie, Monsieur du Moulins eut une attaque de paralysie qui compro-
mettait tout le côté droit, sans toutefois réagir
sur le cerveau ; de sorte que Monsieur du Moulins
eut immédiatement la conscience de sa maladie et
des nouvelles épreuves qui en seraient la consé-
quence. Le médecin de Riom fut mandé et constata
la gravité de l'état du malade ; il s'adjoignit son
collègue, une célébrité de Clermont qui alla jus-

qu'à dire : « Il ne faut pas concevoir l'espoir d'une
» guérison, parce que la santé générale de Mon-
» sieur du Moulins est compromise depuis long-
» temps ; il y a dans cet affaisement, une question
» morale dont la réaction sera plus active que
» jamais. — Ainsi, madame ce sont des soins in-
» cessants qu'il faut à Monsieur du Moulins et de
» la distraction, afin qu'il pense le moins possible
» à sa situation. »

Amélie tomba dans un désespoir explicable. Sa
pensée était sans cesse portée vers son père auquel elle donnait tous les instants qu'elle dérobait
à la surveillance hostile de sa mère. A l'exemple
de la fille du célèbre chancelier de Henri VIII, qui
faisait passer dans la prison de son père, le produit
du travail de ses mains. Amélie trouvait le moyen
de procurer au sien, les livres et les feuilles politiques qui pouvaient l'intéresser.

Un mois après l'attaque de Monsieur du Moulins,
sa femme qui avait fait de sa fille l'esclave de son
despotisme, craignit que la piété filiale d'Amélie ne
déjouât ses desseins. Elle résolut donc de l'éloigner de son père et de la mettre au couvent. — En
trois jours, Madame du Moulins mit son projet à
exécution.

« Amélie, dit-elle à sa fille, j'ai pris dans votre
» intérêt, un parti qui doit vous satisfaire : Celui de
» vous placer au couvent. Vous ne pouvez donner

» des soins à votre père, ni me suppléer dans la
» maison, de sorte que vous êtes une gêne pour
» nous tous. — Ensuite, vous ne vous plaindrez plus
» de ne pas aller souvent à l'église; chez les dames
» Bernardines où je vous mets, vous en prendrez,
» certes à votre aise. Ainsi préparez-vous; votre
» père est prévenu que lundi matin, je vous em-
» mène de la Roche. Papa, dit Amélie en fondant en
» larmes, a-t-il consenti a se séparer de moi? Ceci
» est mon affaire; je n'ai pas de compte à vous
» rendre. » Voilà l'ouvrage d'une femme despoti-
que, et dont le cœur n'est pas le chef d'œuvre de
l'amour maternel.

DÉPART D'AMÉLIE.

Il fallait obéir. Amélie prépara donc ses affaires
tout en ayant le cœur bien gros; et, dire avec
quelle sollicitude cette chère enfant fit aux domestiques de la maison, ses recommandations, pour qu'ils

la remplaçassent auprès de son père, nous semble superflu.

Personne n'ignore que le cœur recèle des secrets, et que le grand art de la vie chrétienne se révèle dans la lutte. Amélie fit ses adieux à son père, et chercha à contenir son émotion. Lui, pauvre malade eût voulu marcher pour retenir sa fille près de lui échapper ; et, c'est cette inertie physique dont la force morale ne pouvait se rendre maîtresse qui déchirait l'âme de Monsieur du Moulins, quand Amélie l'embrassa et lui dit : « Papa, don- » nez-moi de vos nouvelles par mon frère ou par » Monsieur le curé ; n'oubliez pas celle qui ne vit » que pour vous.......... »

Un quart d'heure après, Madame du Moulins et sa fille se dirigeaient sur Clermont ; là, elles prirent la poste qui comme nous l'avons vu, les mena à Grenoble et les descendit à l'hôtel Vaucanson.

LES DAMES BERNARDINES.

Cette maison d'éducation était très bien située, et offrait tous les avantages de l'hygiène le plus complet; mais ce qui en faisait la réputation, c'est qu'elle avait pour supérieure une femme d'une haute distinction. Elle descendait par sa mère de Madame de Chantal, (l'aïeule de Madame de Sévigné) et l'on peut dire qu'elle en avait la noblesse des sentiments et le dévouement.

Lorsque Madame du Moulins fut introduite au parloir, la tourière vint la prévenir qu'on avait mandé Madame la supérieure. Effectivement, elle se présenta avec l'attitude et l'aisance d'une femme du monde, qui a fait le sacrifice de ses joies en vue d'accomplir le bien pour lui-même.

« Madame, dit avec roideur la mère d'Amélie,
» je vous amène ma fille dont le caractère morose
» est incompatible avec celui de son frère qui est

» charmant ; je vous prie d'exercer sur elle toute
» la sévérité de votre autorité, car Amélie, est por-
» tée à s'en faire accroire ; ensuite elle a une
» exaltation religieuse que vous pouvez entretenir ;
» je vous le permets, Madame ; car, si ma fille veut
» passer sa vie dans le calme du cloître ; assuré-
» ment, que je ne m'y opposerai pas. »

A ce langage, Madame la supérieure qui se sou-
venait qu'elle ne formait pas des novices pour le
cloître, mais des jeunes filles pour le monde, afin
qu'elles pussent y répandre la *bonne odeur de la*
vertu et les charmes de la vraie piété, pâlit et se
contint. Elle se contenta de répondre : « Madame,
» ce n'est pas ainsi qu'une mère éclairée vient
» nous confier sa fille ; habituellement, c'est sous
» les auspices de la confiance. — Sachez que nous
» traiterons la vôtre (ajouta-t-elle en regardant la
» physionomie ouverte et sympathique d'Amélie)
» comme le sont ses futures compagnes ; c'est-à-
» dire, avec le cœur d'une mère. » Troublée, en
entendant ces paroles, Madame du Moulins prit
la main de sa fille en lui disant : Adieu, — je
vous laisse.

LA PENSIONNAIRE.

Nous ne reviendrons pas sur les qualités d'Amélie ; il nous reste à la suivre dans un centre où, affranchie de la crainte que lui inspirait sa mère, elle devient l'image d'une timide et douce colombe qu'on eût privée de sa liberté. Madame la supérieure qui avait deviné le cœur aimant de la nouvelle pensionnaire, avait eu le soin de recommander à ces dames, de donner un libre cours aux impressions de sa sensibilité. Effectivement, on voyait souvent cette chère enfant pleurer en pensant à son père. « Je lui ai écrit, il ne me répond pas ! » Qu'il est à plaindre ! » Et un torrent de larmes inondaient son charmant visage. — Ne vous préoccupez-pas, mon enfant lui disait Madame la supérieure, « il le fera quand il le pourra, croyez-le. » Mais Monsieur du Moulins ne put jamais écrire à sa fille.

On devine qu'Amélie fut trouvée très en retard, puisqu'elle n'avait point eu d'autre direction que la sienne propre. Mais, cette chère petite avait tellement le désir de s'instruire et d'égaler ses compagnes, qu'elle réussit par son application à leur servir d'exemple. Aux récréations, Amélie ne jouait point ; elle travaillait ou venait prendre la main de l'une des dames de la maison ; et les regardant avec un regard attendri, elle disait : « Je vous aime, » embrassez-moi ! »

Bientôt s'opéra un changement notable dans le développement physique d'Amélie : elle grandit, se fortifia ; de sorte que sa physionomie qui prit un caractère devint l'expression du beau intellectuel et du beau moral dont elle était avide. A ces dons, Amélie joignait une jolie taille et des manières aisées : semblable à une plante qu'on voit revivre quand, après l'avoir tirée de la zône qui lui convient, on l'y replace, la nouvelle élève des Bernardines s'épanouissait sous la puissance de ses charmes. Profondément touchée de la sollicitude et de la tendresse dont elle était l'objet, Amélie ne savait qu'imaginer pour témoigner aux dames du couvent, sa reconnaissance ; et Madame la supérieure, heureuse de son ouvrage, bénissait Dieu de lui avoir envoyé une âme susceptible d'accomplir de grandes choses.

UNE JOIE DE FAMILLE.

Le moment était venu où Madame et Monsieur Robert Desaix devaient voir leurs vœux exaucés. Le 2 octobre, (fête de saint Dominique) Valérie donna le jour à un fils qu'on nomma Dominique François-Joseph. Nous passons sous silence, la joie de cette jeune mère, le bonheur de son mari qui, l'un et l'autre sous l'impression de leur reconnaissance, prièrent le curé d'Ayat de dire une messe d'actions de grâces et de distribuer aux pauvres la somme de deux cents francs.

Le nouveau-né n'eut point pour saluer son arrivée dans le monde, une toilette ni un berceau préparés par les recherches de la vanité ; mais très simples sans en exclure le soin et la prévoyance. Valérie ne nourrit pas son enfant pour céder au désir de son mari ; et grâce à sa prudence, elle se rétablit promptement. Charles, qui était enchanté d'avoir un petit cousin, voyait avec regret les vacances toucher à leur fin ; il lui en coûtait de quitter la Roche et François-Joseph qu'il appelait son petit frère.

Le 8 octobre, jour du départ, il fut permis à Charles d'entrer dans la chambre de sa tante pour lui faire ses adieux, et recevoir une surprise, car elle remit à son neveu vingt-cinq francs en écus. Charles retourna donc à l'école aussi bien disposé que satisfait. — De son côté, Monsieur Desaix était très content de donner une gracieuse hospitalité à ceux qui venaient le voir ; c'était le plus souvent, Monsieur Harlay heureux de se reposer près de son ami ; et pour lui en donner une preuve, il accepta l'honneur d'être par procuration, le parrain de son enfant. Quant à la jeune mère qui s'était réservé le plaisir d'annoncer à son père l'heureuse nouvelle de sa maternité, elle put se le procurer le 12 octobre.

Mon père bien-aimé,

« Qu'il m'est doux de vous dire que vous avez un
» petit-fils auquel je donne votre nom. Ne vous
» préoccupez pas de ma santé ; je vais bien ; et
» croyez que je me laisserai soigner comme si la
» voix de ma mère que je n'oublie point, se faisait

» entendre près de moi. — N'abusez-pas de vos
» forces, mon cher père, donnez-nous de vos nou-
» velles, et croyez à la respectueuse affection de
» votre fille. »

VALÉRIE.

« *P. S.* — A mon tour de prendre la plume, dit
» Monsieur Robert. — Mon cher père, je me joins à
» ma femme pour vous faire part de notre bonheur,
» et pour vous dire, que votre absence seule le
» rend incomplet. — Tout va bien, François-
» Joseph est plein de vie. »

Agréez l'assurance du respect et du dévouement
de votre gendre.

R. DESAIX.

12 octobre 1770.

LE REPAS DU BAPTÊME.

Lorsque Madame Desaix fut rétablie, son mari,
pressé par la fin des vacances, ne voulut pas quitter

Saint-Hilaire sans faire baptiser son fils, et sans donner à cette cérémonie, par un dîner d'amis, la consécration d'un doux souvenir. On vit donc réunis au château, entre autres : Monsieur Harlay, Monsieur Périer et son fils, Monsieur le curé de Riom, le pasteur d'Ayat, et Monsieur du Terrail, qui malgré son âge avancé, s'était empressé de répondre à la gracieuse invitation du locataire de son hôtel.

La réunion fut simple et charmante ; la plupart des invités s'étaient plu à chasser pour faire la surprise d'un rôt inconnu. Ils y réussirent, car l'on servit en plus de ce que la maîtresse de la maison avait ordonné, huit perdreaux, assisté de quatre cailles et d'autant de grives. Tous les convives s'écrièrent : quel plat ! « Rien n'y manque ! » Le dîner fut animé par une conversation où régna de l'humour ; et avec le tact qui est le cachet de la bonne compagnie, on but à la santé de la jeune mère et à celle du fils. On venait de passer au salon, quand, un paysan monté sur un âne, vint chercher Monsieur Germain en disant : « Monsieur » le curé, accourez ; Monsieur du Moulins se meurt ! » venez. — Permettez, dit Monsieur Desaix au » pasteur, que je vous fasse conduire à la Roche, » car, vous ne pouvez, ni faire le trajet d'ici là à » pied, ni je le crains, arriver à temps. » — « Vo- » lontiers, reprit Monsieur Germain. » Un quart d'heure après, il cheminait dextrement vers l'antique demeure du chancelier de Charles IX.

Il va sans dire qu'après le départ de Monsieur
le curé, les invités du château de Monsieur Desaix s'entretinrent de la famille du Moulins; quant
à Valérie, elle les pria de l'excuser et prit congé
des amis de son mari qui craignait en restant plus
longtemps, qu'elle n'abusât de ses forces. Ces
Messieurs se séparèrent à onze heures en se disant : « Au revoir !... »

MORT DE MONSIEUR DU MOULINS.

Nous eussions éprouvé une douce joie à représenter sur un lit de douleur un moribond tel que
Monsieur de Soligny; mais les mêmes sujets se
retracent sous de différentes images.

Lorsque Monsieur le curé arriva à la Roche, il
trouva les domestiques en larmes : « Notre maître
» est mort ! » Ah ! « Monsieur veuillez, dit le
» pasteur, m'introduire à la chambre mortuaire ;
» mais Madame est là. — Qu'importe ! reprit-il ;
» je veux entrer dans l'appartement de Monsieur

» du Moulins; je vous en prie, menez-y-moi. »
Avant d'y arriver, Monsieur Germain passa dans
plusieurs pièces, et y rencontra Madame du Moulins qui, à la vue du pasteur de Riom, se mit à
sangloter, et à faire valoir la perte irréparable
qu'elle et son fils déploraient par la mort inat-
tendue de son mari. Madame, reprit Monsieur
Germain qui retrouvait en l'hypocrisie de cette
veuve, celle à laquelle recourut Marie de Médicis,
lorsqu'elle apprit la mort d'Henri IV. « Vos dé-
» monstrations me blessent. — Comment se fait-
» il, que vous ne m'avez pas fait appeler plus-
» tôt, moi, ou le pasteur d'Ayal ? »

« Monsieur, mon mari a expiré après avoir
» pris un potage. — Laissez-moi me retirer; car
» votre présence et le triste spectacle que j'ai
» devant les yeux me font trop de mal. Restez,
» Madame, reprit Monsieur Germain en s'appro-
» chant du lit funéraire. » Après s'être agenouillé
et avoir prié pour le défunt avec l'effusion d'une
âme pleine de confiance en la miséricorde divine,
il revint près de Madame du Moulins, et crut
devoir lui rappeler que son mari mort subite-
ment, ne pourrait être inhumé avant quarante
huit heures. — « Veuillez me donner vos ordres
» pour la cérémonie qui aura lieu samedi à dix
» heures; de mon côté, je me tiendrai prêt, moi
» et mon clergé. »

La mort de Monsieur du Moulins causa une vive impression sur la population rurale de la commune; chacun disait : c'était un homme très loyal en affaires! Tous les villageois accompagnèrent à sa dernière demeure le propriétaire de *la Roche*, et tous pressentaient que cette terre passerait en d'autres maîtres.

DOULEUR PROFONDE D'AMÉLIE.

Monsieur Germain s'était chargé du soin d'apprendre cette triste nouvelle à la supérieure des dames Bernadines; et, celle-ci ne voulut pas faire appeler Amélie, sans avoir réfléchi à la manière de s'y prendre envers la jeune pensionnaire dont elle connaissait la vive sensibilité. Cette femme de cœur comprenait que cette chère enfant en perdant son père, serait privée du seul membre de sa famille qui l'aimât sur la terre.

« Amélie, dit la supérieure, j'ai reçu une lettre

» de Monsieur le curé de Riom qui me prévient
» que votre père s'affaiblit de plus en plus. — Ah !
» Madame s'écria-t-elle, il ne surmontera jamais
» ses chagrins ! — C'est à craindre, mon enfant. »
— En même temps, Amélie qui avait remarqué
l'expression douteuse de sa seconde mère, s'assit
et dit : « Avouez, plutôt, Madame, que mon père
» n'existe plus !... » Un torrent de larmes fit trève
à l'énergie qui était le fond du caractère d'Amélie :
elle s'évanouit. — Les soins empressés de Madame
la supérieure lui rendirent bientôt ses esprits. Sa
première pensée fut d'exprimer le désir d'écrire
à sa mère et à Monsieur le curé. — « Reposez-
» vous, mon enfant, reprit la religieuse. — Non
» Madame, cédez à mon désir. »

Ma chère mère,

« Je me représente en ce moment mon père
» près d'expirer et demandant sa fille. Pourquoi
» ne m'avez-vous pas prévenue qu'il était plus
» mal qu'au moment où je lui fit mes adieux ?
» Je me serais rendue auprès de lui, au moins,
» il eût entendu des paroles de tendresse et de
» regrets. — Je l'eusse assisté à ses derniers mo-
» ments en lui faisant goûter les consolations de
» la religion, — y avez-vous pensé ? Léon sent-il
» le malheur qui le frappe? Dites-lui de m'écrire

» — de votre part, ma mère, je n'ose espérer
» une lettre. »

Cependant, je suis votre fille respectueuse.

AMÉLIE du MOULINS.

15 octobre 1779

Monsieur le curé,

« Vous êtes bien bon d'avoir pris l'iniative pour
» m'annoncer la mort de mon pauvre père, le
» seul appui qui me restât ici-bas. — Vos judi-
» cieuses réflexions, vos sentiments affectueux me
» donnent une résignation chrétienne qui, peut-
» être, m'eût manqué, bien que je sois entourée
» d'une sollicitude incessante par toutes les per-
» sonnes de la maison. Ces dames me disent que
» la croix est le don que Dieu fait à ses amis,
» malgré cela, elles pleurent avec moi. Loin de
» comprimer ma douleur, elles la respectent et
» me disent avec le curé d'Ars : » « que c'est
» quelque chose de beau d'avoir un cœur ! »

Agréez, Monsieur, avec l'expression de mes
sentiments respectueux, l'assurance de ma gratitude.

AMÉLIE DU MOULINS.

15 octobre 1779.

LE TESTAMENT.

Depuis un certain temps, Monsieur du Moulins avait fait un testament qu'il avait remis entre les mains de son notaire, (Monsieur Desmarest) qui jouissait d'une grande considération. Voici la teneur du testament. « Je suis loin de laisser la » fortune que je possédais lorsque j'épousai Made- » moiselle de Ville. » Par esprit de prévoyance et pour sauvegarder le peu qui me restent et que j'évalue à 200,000 fr., je vous prie de faire ce qui suit : « Je fais à Madame du Moulins un avan- » tage de 50,000 fr., je vous nomme tuteur de » mes enfants; et vous recommande de donner » par trimestre à leur mère le revenu de la for- » tune dont ils jouiront à leur majorité. — Or, cha- » cun d'eux devra recevoir de vous, Monsieur, » 75,000 fr. » — « Veillez sur mon Amélie, et sur la » conduite de Madame du Moulins à son égard » car..........

Que Dieu nous aide Monsieur, et répande ses bénédictions sur votre maison.

LOUIS DU MOULINS.

La Roche, le 14 avril 1779.

Quelques jours après l'inhumation de Monsieur du Moulins, Monsieur Desmarest assisté de Monsieur Harlay, vint au château, non pour faire une visite de condoléance à la veuve, mais la lecture du testament dont il était dépositaire.

Après s'être annoncés au domestique, ces Messieurs attendirent dans un vestibule que celui-ci eût la réponse de Madame du Moulins. — « Dites » que je ne suis pas visible. » « Nous ne pouvons, » reprit Monsieur Harlay, nous dispenser de voir » Madame du Moulins. — Faites-lui savoir que » nous nous présentons ici au nom de la loi. » — Après un quart d'heure d'intervalle, le domestique introduisit le bailli et le notaire dans la chambre de la veuve du propriétaire dont ils voulaient conserver l'héritage.

Après les compliments d'usage, Monsieur Harlay, s'inclinant devant Madame du Moulins, s'exprima en ces termes : « Au nom de la loi, je viens ouvrir » le testament que feu votre mari a confié à la » garde de Monsieur Desmarest, notaire à Riom. » Il lut ce que nous avons dit plus haut, et l'on vit pâlir Madame du Moulins qui voyait ses desseins

déjoués. « Mais, dit-elle, Monsieur, j'ai trouvé
» dans le cabinet de mon mari beaucoup de papiers
» d'affaires, notamment un sur lequel se trouve
» le dernier entretien qu'il eut avec moi deux jours
» avant sa mort. » — Madame, reprit Monsieur
Desmarest, nous verrons tout cela, car il faut d'ici
deux jours commencer l'inventaire de la terre de
la Roche. — Comment ! Messieurs, on ne fait un
inventaire que chez des marchands ! Pardonnez,
continua avec un ton magistral Monsieur Harlay,
« toutes les fois qu'il y a des mineurs, il faut li-
» quider la succession des parents que la mort leur
» a enlevés. » — Ainsi, dans trois jours ajouta
Monsieur Desmarest, je reviendrai avec mon clerc,
tenez-vous prête.

LA SUCCESSION.

Nous n'entretiendrons pas nos lecteurs des péripéties qui se sont succédé durant l'éclaircissement
des affaires embarrassées de la succession de Mon-

sieur Louis du Moulins ; nous nous bornerons à dire d'abord que la mauvaise administration de Madame du Moulins qui, depuis la maladie de son mari dirigeait tout, avait compromis la fortune de son mari ; ensuite qu'il y avait des dettes. Or, pour mettre de l'ordre dans tout cela, et pour voir ce qui resterait aux héritiers de la Roche, il fallait du temps, et mettre en vente une terre qui, assurément, fût demeurée héréditairement dans la famille avec une épouse qui eût compris la destinée de la femme. Mais la *sagesse* dont le *propre est de faire aimer la vertu* et de rechercher notre perfection, a pour contracte, *l'orgueil* et *l'ambition*, qui accélèrent la décadence des familles et la ruine des sociétés.

RENTRÉE DES PARLEMENTS.

RETOUR DE MADAME DESAIX A GRENOBLE.

Monsieur Desaix ne trouvant pas que sa chère Valérie fût en état de supporter le voyage de Gre-

noble, y vint seul pour l'ouverture des séances
parlementaires, et le 15 novembre ayant pris une
permission de la Cour, il vint chercher sa femme
et son enfant. Tout cela se fit diligemment, et le 25,
les locataires de Monsieur du Terrail, s'installèrent
à son hôtel.

C'était l'année (1779) époque aux grandes affaires
pour le ressort de la loi et l'application de la justice
qui est le garant, non pas de la liberté de faire ce
qu'on veut, mais plutôt de la liberté qui *détermine
ce qu'on a le droit de faire.* — Les sessions du mois
de décembre furent consacrées par la Cour, au procès qui résulta de la mort de Monsieur Levau, de
cet architecte dont Madame Pinard avait parlé avec
le sentiment du mépris que ne peuvent céler
les cœurs honnêtes, à la vue de ceux qui, ne
veulent pas admettre que *l'égalité* est contre la *nature* et contre *l'ordre Éternel.*

Nous ne suivrons pas ce procès au retentissement
duquel la Cour refusa de donner suite ; néanmoins,
elle crut qu'il était nécessaire dans l'intérêt de la
société du xviiiᵉ siècle, ainsi que pour l'honneur de
la magistrature, d'insérer dans les feuilles publiques,
l'induction qui fut tirée de cette triste affaire avec
une sagacité remarquable. L'honneur de ce travail
revint à Monsieur Robert Desaix désigné à cet effet,
par le président de la grand'chambre.

« Celui-là, dit l'orateur, est malheureux, qui

» n'accepte pas toutes les inégalités que Dieu a fai-
» tes, car il n'est pas au pouvoir de l'homme de les
» effacer. » C'est précisément parce que Monsieur
Levau s'est mis en dehors de ce principe, qu'il
à manqué son but et fait le mal au lieu du bien,
pourtant, il sut par son talent jouir de la faveur
des grands, et être comblé comme l'avait été Jules
Mansart à la Cour de Louis XIV ; enfin, tour-
menté par le remords d'avoir fait un mauvais usage
de sa liberté, il a même oublié qu'il avait une mère.

.... La prudence à laquelle recourut la Cour
dans cette occurence, porta des fruits salutaires.
Il n'y eut point de commentaires tels qu'il en es,
quand une affaire grave est livrée à la publicité,
tout en voulant ménager aux lecteurs des impressions pénibles.

LETTRE DU COMTE DE GRASSE.

Le père de Madame Desaix était à York-Town,
quand il reçut la nouvelle de la naissance de son

Source du Bonheur.   6

petit-fils; nouvelle qui, annoncée par sa fille, lui fit
goûter pendant quelques instants, les délices d'une
joie sans mélange.

Ma chère Valérie,

« Je m'empresse de t'exprimer le bonheur que
» j'éprouve à la pensée que tu as un fils ; et, en
» remerciant le Seigneur, il m'est doux d'ajouter :
» Dieu a béni l'union de ma fille? Je te félicite de
» ta prudence, et suis satisfait de te savoir à Saint-
» Hilaire pour compléter ton rétablissement. J'ap-
» prends par des amis que ton mari est apprécié de
» ses collègues, et qu'il travaille toujours. Je l'en
» félicite, car la progression naturelle de l'esprit
» humain amène successivement le progrès des
» siècles. — Nous autres marins, nous acquérons
» plus par l'expérience, et par ce que nous avons
» sous nos yeux, que par l'étude. En ce moment
» je me concerte avec le généralissime de l'armée
» américaine, Washington qui se dévoue à l'indé-
» pendance de sa patrie et aux intérêts de laquelle
» la France prête son appui. — Sache, ma chère
» Valérie, que ton père t'affectionne tendrement,
» et qu'il t'embrasse de même, toi, ton cher Robert
» ainsi que François-Joseph.

» Comte de GRASSE »

York-Town, 30 octobre 1779.

P. S. — J'ai reçu de Valette une lettre dans laquelle on me dit que la récolte des oliviers est très mauvaise.

Cette lettre reçue par Valérie à son arrivée à Grenoble, causa une joie bien vive à notre jeune ménage dont l'enfant profitait sans donner d'inquiétude. — C'est pourquoi, Madame Desaix proposa à son mari de faire avant Noël leurs visites générales. « Vous avez raison, Valérie, car, il pourrait survenir quelque chose qui nous retînt à la » maison. » — Les antécédents de Monsieur Robert Desaix lui méritèrent l'accueil bienveillant dont lui et sa femme furent l'objet. Pour celle-ci, le naturel de ses manières, la grâce de son maintien avait permis à plusieurs personnes âgées de faire une des applications de La Fontaine. « Et la grâce plus belle que la beauté ! »

La conversation habituelle des premières visites est le plus souvent banale et dépourvue d'intérêt; mais celles de Madame et Monsieur Desaix eurent l'attrait inhérent aux affaires de la situation. D'abord, la guerre d'Amérique était ce dont on parlait le plus ; à ce fond de pensée qu'on retrouvait partout, venait se joindre l'empressement de s'entretenir du comte de Grasse dont le savoir faire était signalé partout. — Enfin, chez l'intendant du Dauphiné, l'un des amis de Messieurs Périer, on fit tomber la conversation sur la jeune pensionnaire des Bernar-

dines. Monsieur Desaix mit à jour ce qu'il avait
appris pendant les vacances et ajouta avec une expression mélancolique que la succession de Monsieur Louis du Moulins entraînait avec soi une
instruction qui, en ce moment absorbait tous les
instants du bailli de Riom, le respectable Harlay
avec lequel il entretenait une correspondance régulière. « Toutes les jeunes filles qui sortent du cou-
» vent des Bernardines, reprit la maîtresse de la
» maison font l'éloge de leur compagne Amélie ; et
» Madame la supérieure la cite pour modèle en
» disant avec l'expression de sa mansuétude habi-
» tuelle. — Elle unit à la bonté du cœur, ce qu'il
» y a de plus rare au monde ! le discernement. —
» Il est à craindre, ajouta Monsieur, Desaix que cette
» pauvre enfant reste sans fortune ; et que devien-
» dra-t-elle, si sa vocation ne l'appelle à la vie re-
» ligieuse ? » Madame, reprit Valérie, espérons que la
Providence ne l'abandonnera pas ! Ensuite, elle et
son mari se levèrent et se retirèrent avec une politesse
parfaite.

Comme l'on en peut juger sans déployer du faste
ni de la grandeur, Valérie et Robert Desaix étaient
heureux, la confiance qui naît de la sincérité des
sentiments telle que l'eau du rocher à la prière de
Moïse, resserrait leur union. Et, avec ce penchant
de l'âme vers le beau, le bien, le vrai dans leur
essence la plus pure, ils n'avaient qu'à regretter
l'absence de leur père. Néanmoins, soit que Mon-

sieur Desaix eût de tristes.pressentiments sur l'avenir de la France ; soit qu'il eût des craintes sur la santé de son beau-père, il fit entrevoir qu'il était plus sage de sortir très peu pendant l'hiver qui s'annonçait à Grenoble avec l'urbanité et la gaîté qui font le charme des réunions quelles qu'elles soient.

Valérie approuva son mari, et l'un et l'autre se contentèrent de leurs relations intimes.

NOUVELLES D'AMÉRIQUE.

Depuis l'arrivée de l'amiral Rodney, l'Espagne et les Français alliés des confédérés, avaient éprouvé plusieurs échecs. D'une autre part, depuis la nouvelle année, la Georgie était occupée par Clinton, qui s'étant aperçu que les Américains étaient fatigués de la guerre, se proposait de réduire Washington à l'inaction. Ce dernier plan était impossible à mettre à exécution, car le général américain possédait les vertus d'un Caton. Toutefois, Clinton enleva Charles-Town dans la Caroline du sud, et y fit prisonnier 5,000 américains, après y avoir laissé son collègue Cornwalis.

Ces détails donnés par l'estafette étaient loin de rassurer Valérie Desaix et son mari qui se louèrent de la prudente conduite qu'ils avaient résolu de suivre.

Aussitôt après cette triste nouvelle, Valérie écrivit à son père, non à son adresse puisqu'il avait dû quitter la Georgie, mais au généralissime de l'armée.

A ce désastre en succédai un autre ; on apprit que le comte d'Estaing avait compromis la cause américaine, en voulant s'emparer de Savanach avant que la brèche fût ouverte. C'en était fait de la France et de ses alliés, si la reine Catherine II n'eût déjoué les plans de l'habile cabinet anglais et formé une vaste coalition contre les dispositions maritimes de l'Angleterre ; ainsi, pour empêcher que les Anglais n'arrêtassent et visitassent les bâtiments neutres, Catherine proclama la franchise des pavillons, à la condition qu'ils ne couvriraient pas la contrebande de guerre; et pour soutenir ce principe, elle proposa un plan de neutralité armée. Le gouvernement français loua l'habileté de la tzarine, et envoya aux Américains, avec de l'argent une armée sous les ordres de Rochambeau. Aussi l'année 81

s'ouvrit-elle sous de plus heureux auspices. Les
Espagnols prirent Pensacola dans la Floride, tandis
que le comte de Grasse qui grandissait sur le champ
do bataille', désolait les antilles anglaises. Ces succès sur mer permirent à Rochambeau, à La Fayette
et à Washington, de resserrer leurs forces et de
les diriger sur York-Town où le général Cornawlis
avait concentré ses troupes et ses forces navales. —
Assiégé dans ses retranchements par Washington
et ses auxiliaires, Cornawlis résista vigoureusement; mais il fut forcé de se rendre lui, 7,000 hommes et six vaisseaux. Cette victoire ranima l'espérance dans tous les cœurs français; elle calma
surtout les angoisses de la fille du comte de Grasse,
qui écrivit de nouveau à son père dont elle ne
reçut de nouvelles que le 25 octobre.

Ma chère fille,

« L'armée a été laborieuse, nous avons lutté
» longtemps, chacun de son côté a fait son devoir,
» car nous savons tous que le courage ne doit
» jamais nous abandonner. — La prise de York-
» Town est un beau succès; puissé-je maintenant
» être plus fort que mon adversaire l'amiral
» Rodney. Priez pour votre père qui vous embrasse
» tendrement, vous et ceux que vous chérissez;
» priez aussi pour le succès de nos armes.

» COMTE DE GRASSE. »

La Guadeloupe, 12 octobre 1781.

Valérie et son mari furent très heureux de cette lettre, néanmoins ils soupiraient après la fin de cette guerre lointaine. Le lecteur connaît trop les sentiments élevés et la piété filiale de Madame Desaix pour que nous insérions toutes les lettres qu'elle adressait à son père bien-aimé.

Son petit-fils se fortifiait et commençait à égayer l'intérieur de la famille; le séjour de la campagne lui faisait beaucoup de bien; et l'on peut supposer que ce jeune ménage eût passé une partie de l'année à Saint-Hilaire, si leur état de fortune eût permis à Monsieur Desaix de vivre en grand propriétaire, (c'est-à-dire, de manière à contribuer au bien-être de tous ceux qui l'entouraient).

Ils accueillirent pendant ces vacances, et leur neveu et les amis que nous connaissons. Ils apprirent que de nouveaux propriétaires s'étaient fixés dans l'arrondissement de Riom. Le château de la Roche vendu depuis six mois seulement, appartenait à un gentilhomme qui servait de père au traducteur des Géorgiques; et tout dans cette habitation avait changé d'aspect; tant il est vrai qu'il y a de l'opportunité à répéter avec l'immortel Epaminondas : « Ce n'est pas la place qui honore l'homme, » mais l'homme qui honore la place. » Malgré la diligence de Monsieur Desmarest, les affaires de la succession du Moulins n'étaient point encore terminées au point de vue du droit. Monsieur Harlay profita

même du séjour de Monsieur Robert Desaix à Saint-
Hilaire pour s'éclairer de ses conseils, afin d'accé-
lérer l'issue d'une affaire qui intéressait tout le pays,
c'est pourquoi, nous sommes, en quelque sorte,
obligée de revenir à la succession de Monsieur du
Moulins, afin que le lecteur suive sans fatigue, le
rôle des personnages que le toit patriarchal de la
Roche ne protégeait plus.

LA LIQUIDATION.

L'inventaire auquel Messieurs Harlay et Desmarest avaient préparé, Madame du Moulins se fit
avec tout le soin dont ce dernier était capable ; et,
c'est en faisant de minitieuses recherches, qu'il s'a-
perçut de la disparition du papier sur lequel était
écrite ia donation que faisait valoir Madame du
Moulins pour attaquer le *Testament légal* de feu son
mari. Par prudence, Monsieur Desmarest en référa
à Monsieur Harlay qui vint en personne à la Roche,

pour interroger la veuve de Monsieur du Moulins.

« Madame, dit le magistrat, qu'avez-vous fait de
» la pièce que vous nous avez montrée lors de no-
» tre première visite ? Je ne l'ai plus, Monsieur. —
» Comment! cet écrit devait rester entre les mains
» du notaire avec les autres pièces de la succession.
» Veuillez le rendre. — Impossible, reprit Madame
» du Moulins sans se déconcerter, je l'ai remis à
» un avocat de Bordeaux qui doit défendre mes
» droits et prendre mes intérêts. — Madame, re-
» prit avec dignité Monsieur Harlay, vous n'avez pas
» d'autres droits que ceux que vous accorde votre
» mari, ainsi qu'il est dit sur son testament. —
» Monsieur, je n'en suis pas convaincue, et je veux
» qu'on instruise cette affaire. — Au reste, elle est
» entre les mains d'un avocat de talent, Monsieur
» Guadet qui jouit d'une grande réputation. — Ma-
» dame, je puis vous certifier que votre cause est
» perdue d'avance, et qu'à sa suite elle vous ap-
» portera le déshonneur et la honte. » Après ce
collogue, Monsieur Harlay et Monsieur Desmarest
se retirèrent péniblement impressionnés. Nous ne
mentionnerons pas les détails de cette longue pro-
cédure, ni les péripéties d'une succession embar-
rassée, nous résumerons simplement les faits qui
doivent servir de nœud à l'action de nos personnages.

Nous dirons d'abord que la terre de la Roche fut
vendue à perte, parce que cet immeuble avait été si
négligé, qu'il fallut au nouveau propriétaire dépenser considérablement pour le remettre en état. —
L'argent de ce domaine fut employé à payer des
dettes contractées par Madame du Moulins à l'insu
de son mari; grâce à la vigilance et à la sagacité
de Monsieur Desmarest, on put conserver la somme
sur laquelle Monsieur du Moulins avait fait son
partage.

Le procès fut néanmoins commencé, bien que
Monsieur Harlay mit tout en œuvre pour empêcher
d'y donner suite. Or, il fallut un autre avocat,
pour défendre les intérêts des enfants du défunt,
et Monsieur Harlay fit choix d'un légiste aussi intègre que capable, Monsieur Patru de la même famille que celui dont Boileau fut l'ami dévoué. Le
procès qui dura deux ans, fut perdu par la veuve de
Monsieur du Moulins, condamnée à 6,000 francs de
frais, bien que Messieurs Harlay et Patru eussent
refusé de recevoir des honoraires; trop heureux
d'avoir défendu avec succès, les droits des deux
orphelins. Pour Madame du Moulins, blessé dans
son orgueil, honteuse d'avoir dévoilé la bassesse de
ses sentiments, elle quitta le pays, et vint habiter
Nantes avec son fils dont l'instruction fut aussi nulle,
que son éducation première l'avait été.

Ce n'est plus dans un château que nous suivons

Madame du Moulins Letellier, mais dans un logement très exigu, situé rue Sainte-Anne, numéro 27.
Là le voile était déchiré ; il fallait elle et son fils,
se tirer d'affaire. Déchue comme le fut sur la terre
d'exil, la mère de Louis XIII, Madame du Moulins
dut chercher un emploi dans un magasin de toiles
peintes ; quant à son fils, Monsieur Desmarest in-
tervint et opina pour qu'il apprît les principes élé-
mentaires afin de pouvoir le placer ; soit chez un
armateur, soit dans la marine marchande.

Mais pour arriver a un résultat quelconque, il
faut du temps, des protections et savoir se recommander par soi-même. Autant le malheur qui frappe
l'innocent ou une âme d'élite, est digne de sympathie ; autant celui-là est délaissé, qui s'est rendu
sourd à la *loi de la conscience*, et avili par les ru-
ses de l'ambition et de l'orgueil !....

Pourtant c'en était pas assez pour Madame du
Moulins d'avoir comme épouse, joué le rôle d'une
Irène, il lui restait encore à prendre celui de Jeanne
Henriquez qui réussit par son ascendant sur l'esprit
de son mari (Jean II roi d'Aragon), à priver le fils de
ce prince, de l'héritage paternel. Imitatrice de la
belle-mère de don Carlos (qui, dit-on, fut empoi-
sonné par les ordres de cette princesse), Madame
du Moulins espérait gagner Madame la supérieure
pour déterminer Amélie à rester sous son aile
protectrice, et à l'abri des épreuves de la vie.

— Voici en quels termes, cette mère dénaturée écrivit à la supérieure des Bernardines.

Madame,

« J'ai tant de confiance en vous que je viens en ce
» moment mettre sous votre sauvegarde, le bonheur
» de ma fille. Vous comprenez, qu'il est de mon de-
» voir de la prévenir qu'elle n'a pas de fortune, et
» que par conséquent il lui faut renoncer au ma-
» riage, car une descendante des Louvois-Letellier
» ne peut se mésallier; d'ailleurs, dans votre mai-
» son, et grâce à votre sollicitude maternelle, Amé-
» lie jouit d'un bonheur sans mélange. »

— Ainsi qu'on le pressent, cette lettre excita l'indignation de Madame la supérieure qui se contenta de répondre deux lignes à Madame du Moulins ; tandis qu'elle s'étendait longuement sur l'avenir de sa chère pensionnaire, quand elle écrivait à Monsieur Harlay ou à Monsieur Desmarest.

Pendant les vacances du couvent, Madame la supérieure était heureuse d'emmener avec elle Amélie dans les familles où l'on se faisait un honneur de la recevoir. C'était un moyen ingénieux de faire connaître à cette pauvre enfant, le monde avec ses joies, avec ses amertumes et l'esprit de société, Amélie était trouvée charmante, et l'on remarquait en elle une tenue parfaite et une grande distinction de conver-

sation. Aussi était-elle l'objet d'un gracieux accueil.
Elle entrait avec le renouvellement des études,
dans sa 19ᵉ année. A cet âge, on n'est plus en
pension; (à moins d'être abandonnée de sa famille)
c'est pour les jeunes filles l'époque de la vie, où
tout se présente ; tantôt sous un nuage assombri par
l'orage, tantôt avec le prisme d'un mirage éblouis-
sant. Au milieu de cette confusion d'idées vagues
ou de réflexions fondées, il faut un flambeau dont
la brillante clarté ne donne pas d'illusions, et c'est
de la raison, ce soleil de l'âme, qu'elle vient. —
Mais, au printemps de la vie, c'est trop demander :
il n'est pas naturel que les fruits mûrissent avant
le temps. Toutefois, à défaut de maturité, il y a les
leçons de l'expérience que donne une mère ou un
professeur éclairé. Cette personnification se retrouve
dans la supérieure des Bernardines, car elle possédait ce que recélait le cœur de la mère des Gracques, et ce qui fit de la sœur Angélique (de Port-
Royal), une femme capable d'accomplir les plus
grandes choses, en sachant faire de sa maison le
temple de la *vraie sagesse*, le temple d'une *foi so-
lide* et des plus aimables vertus.

Avec de tels principes, tout s'aplanit, tout grandit. Aussi, Madame la supérieure savait-elle reconnaître parmi ses élèves, les novices qui aspiraient à
la vie du cloître, et celles qui dans la famille
voyaient la destinée de la femme suivant les desseins de la Providence.

Madame la supérieure découvrit donc que sa chère Amélie, avait tous les sentiments qui distinguent la femme chrétienne et la femme forte de l'évangile; mais qu'elle n'annonçait aucune vocation pour la vie cloîtrée. Elle en avertit Monsieur Harlay et son tuteur, qui la remercièrent de sa vigilance éclairée et dévoue. — « Ne vous préoccupez pas » Messieurs, écrivait la protectrice d'Amélie; je la » garderai près de moi, tant que Dieu ne m'aura » pas fait entendre sa voix décisive pour remettre » cette chère enfant en des mains sûres, et à la » place qu'il lui aura assignée en vue de son bon- » heur. Elle se trouve heureuse au milieu de nous » qu'elle comble de tendresse et de témoignage de » gratitude. Attendons, Messieurs, attendons pa- » tiemment avec le sourire de l'espérance. »

LE COMTE DE GRASSE PRISONNIER.

Quelque soit l'enchaînement des événements que le malheur marque de son sceau, le temps marche, il fuit, et nous échappe sans que nous puissions le retenir, même au sein du bonheur.

Pour Madame et Monsieur Desaix, le temps n'avait point altéré l'union et la quiétude qui régnaient dans leur intérieur, si ce n'est quelques craintes pour leur petit garçon atteint comme les autres enfants des maladies du jeune âge. Mais une triste nouvelle vint alarmer Valérie et son mari; nouvelle d'autant moins attendue que depuis la capitulation de Cornwalis, les Anglais avaient éprouvé des revers aussi bien dans les Indes orientales, que sur le continent américain. On avait appris que le bailli de Suffren formait avec Haïder-Ali, un vaste plan, pour anéantir la domination anglaise dans l'Indoustan, et que le comte se préparait à leur enlever la Jamaïque. Mais en présence de l'amiral Rodney qui avait des forces supérieures, le chef de l'escadre française fut battu. Cet échec ne l'avait point déconcerté. Il vint dans les Antilles, et fit le siége de l'île des Saintes (le Gibraltar de ce groupe). Après une lutte opiniâtre soutenu vigoureusement par le pavillon Français, le comte de Grasse, qui avait déployé l'intrépidité d'un Jean-Bart, se rendit et fut fait prisonnier.

SIÈGE DE GIBRALTAR.

Lorsque ce revers de la France en Amérique fut connu, il fut exagéré et jeta la consternation sous un toit que, jusqu'ici Dieu avait protégé. Et, quand Madame Desaix apprit que son père avait été emmené à Londres, elle tomba dans un grand désespoir. Mue par l'effusion de son amour, elle voulut se rendre près de son père pour partager avec lui la coupe amère de l'exil; mais Monsieur Desaix parvint à modérer en sa femme, l'élan de sa piété filiale.

« Attendez le résultat du siége de Gibraltar qui » est déjà commencé, car je prévois qu'à l'issue de » cette attaque, toutes les puissances qui aspirent à » la paix, chercheront les moyens de la signer. » Monsieur Desaix ne s'était pas trompé. Depuis le 13 septembre 1782, les flottes réunies de la France et de l'Espagne assiégeaient cette place-forte qui

Source du Bonheur. 7

domine deux grandes mers, et sert de porte aux
Anglais. En vain les batteries flottantes de d'Ar-
çon furent-elles essayées, le gouverneur de la
place (Elliot) resta maître de ce rocher impre-
nable.

Cette victoire des Anglais ne les empêchait pas
d'avouer que depuis le commencement de la guerre
d'Amérique, ils avaient prodigieusement souffert et
accru leur dette de deux milliards. C'est pourquoi
Shelburne et le second Pitt qui dirigeaient le ministère Whig depuis la démission de North, firent
des propositions de paix à la France qui les accepta. Le 20 janvier 1783, furent signées à Versailles, par l'organe du comte de Vergennes, les
conditions d'un traité qui assurait l'indépendance
des États-Unis. De cette guerre, la France sortait
honorable, en ce qu'elle lui procurait les moyens
de disputer par la suite, l'empire de la mer aux
Anglais, ou plutôt d'en assurer la liberté. Ce traité
rendait les prisonniers aux nations respectives, et,
quand tous les cabinets eurent ratifié la paix,
Valérie écrivit à son père qu'elle irait l'attendre à
Calais.

Le 20 juin, le comte de Grasse mettait le pied
sur le sol français et pressait sur son cœur, sa fille
bien-aimée, qui lui dit : « Oubliez, mon père, vos
» souffrances passées ; maintenant vous nous êtes
» rendu pour toujours. — Venez revivre auprès de

» vos enfants, — jouissez, puisque la noble cause
» pour laquelle vous avez défendu le pavillon fran-
» çais, est gagnée. »

Deux jours après ce moment de joie indicible,
le comte de Grasse et sa fille étaient à Grenoble.
Une scène non moins touchante se renouvela,
quand s'arrêta la voiture d'où descendirent le comte
et sa fille. Son gendre tenant par la main son petit
garçon, s'y trouvait. Ému au point de ne pouvoir
proférer une parole, le comte prit entre ses bras
son petit-fils, et le pressa sur son cœur avec l'effusion d'une vive tendresse.

Peu à peu le contentement et la gaîté reparurent
à l'hôtel du Terrail, et pour fêter le retour de l'a-
miral, Madame Desaix et son mari, donnèrent un
dîner aux notabilités de Grenoble. Ce repas fut
suivi d'une soirée pleine d'entrain, et où chacun y
trouva selon son âge, le plaisir qui lui convenait.
Aussi le comte de Grasse passa-t-il l'hiver très
agréablement. Néanmoins, quand le printemps s'annonça dans les vallées pittoresques du Grésivaudan, il prévint sa fille que sa présence était nécessaire à Valette, et qu'il désirait y retourner, bien
qu'il lui en coûtât de s'éloigner d'elle, et d'être privé
des caresses de son petit François-Joseph.

NOUVELLE SÉPARATION.

Il fallut donc que Valérie et son mari se résignassent à une nouvelle séparation. Le 1ᵉʳ mai le comte de Grasse prit congé de ses enfants, et l'heure des adieux raviva d'anciennes douleurs. « Mon » père, dit Valérie, j'appréhende pour vous l'isole- » ment ; habitué à une vie active et sérieuse, au » respect d'une flotte toujours prête à vous obéir, » vous aurez assurément des moments où le vide » sera trop complet ; vous serez triste, tandis que » près de nous, vous jouiriez du bonheur de vos » enfants et des gentillesses de votre petit-fils. — » Console-toi, Valérie, j'ai à faire plus de choses » que tu ne le penses ; d'abord, je m'occuperai des » améliorations que je me propose d'essayer dans » ma propriété, puis ; j'ai à faire un travail très sé- » rieux ; un travail,... ma fille, destiné à réhabiliter » mon honneur : » Votre honneur ! s'écria Valérie tout interdite. Expliquez-vous, je vous en prie :

« Ma fille, depuis mon échec aux Antilles, des es-
» prits malveillants et jaloux ont cherché à me
» nuire auprès du ministre de la marine; et tu
» ignores sans doute, (parce que tu as peu vécu)
» que ceux qui veulent décréditer quelqu'un, ne
» gardent aucune mesure. Je prends à témoin
» Labourdonnais qui, après avoir tout créé à l'île
» Bourbon, et fait bénir son administration, se vit
» en butte à la mauvaise foi d'un rival envieux
» et habile qui fut cause de son incarcération
» à la Bastille. Pauvre Labourdonnais, qui es
» mort ruiné, usé par les chagrins, tu as eu en
» Bernardin de Saint-Pierre un vengeur; il t'a
» rendu une éclatante justice et immortalisé ton
» nom! Pour moi, ma chère Valérie, je veux être
» l'auteur de mon épopée, et me réhabiliter par
» un mémoire justificatif. — Mon père, moi, qui
» soupirais pour vous, après le repos, je vois au
» contraire, que vous allez détourner votre esprit,
» de tout ce qui eût pu le récréer, le charmer. —
» C'est possible; mais, sache que je tiens à laisser
» à mon petit-fils, un nom sans tache, une mémoire
» à l'abri de tout soupçon. — D'ailleurs, un titre est
» un malheur pour celui qui est dépourvu de cette
» noblesse de cœur et de sentiments qui élève au-
» dessus de sa propre grandeur, ... N'aurai-je
» pas aussi à entretenir avec toi, une correspon-
» dance régulière, car il me sera consolant de suivre
» l'exemple de Madame de Sévigné, et d'effacer la

» distance qui nous sépare, par les épanchements
» de l'amour paternel. — Voilà, ma fille, conti-
» nua le comte, comment j'embellirai ma solitude;
» c'est-à-dire, par les ressources du travail intel-
» lectuel, et par les grâces du cœur qui ne vieillis-
» sent jamais. »

RETOUR A VALETTE.

Pour faire la route de Grenoble à Valette, le
comte mit trois jours; et lorsqu'il y arriva, il fut
reçu par d'anciens domestiques qui, grâce à la vigilance de Madame Desaix, avaient tout préparé.
Quoiqu'il en soit, un changement de vie ne s'opère
jamais sans que la nature en paie le tribut, jusqu'à
ce qu'on ait pu équilibrer les actions d'une nouvelle
existence.

C'est pourquoi, l'on comprendra que l'amiral aimât
à se promener sur le port de Toulon. Là, il ren-

contrait des officiers de marine, causait avec eux, et offrait à tous ceux dont le mérite était signalé, la bienveillante hospitalité qu'on trouvait à Valette.

Doué de beaucoup d'activité, l'amiral voulut bannir de sa retraite, la monotonie qui est la source de l'ennui. — C'est pourquoi, il prit modèle sur Alfred-le-Grand, et divisa en *tiers*, les heures de la journée. La matinée était consacrée à la rédaction du mémoire justificatif dont nous avons parlé; l'après-midi, à des promenades dans les vignes ou dans les plantations d'oliviers de sa propriété ; le soir, à des visites ou à des réceptions d'amis.

SITUATION DU ROYAUME.

Si la France prenait une part glorieuse à la guerre de l'indépendance, la cour donnait le signal des attaques contre le ministre qui, par son fameux compte-rendu sur l'état des finances, déchirait le voile épais qui le cachait au public. Mais on sait

comment les courtisans décréditèrent Monsieur
Necker qui, mis à bout de patience, offrit sa démission.
Qu'en résulta-t-il? Tous nos lecteurs se rappellent
que le désordre des finances fut complet; que les
ministres qui successivement eurent le pouvoir, en
abusèrent, et ajoutèrent à la situation critique du
gouvernement, de nouveaux embarras; qu'enfin, de
Brienne accéléra la chute du Parlement qui s'oppo-
sait à l'enregistrement d'un emprunt de 420 millions,
payables en cinq années.

Or, s'élevèrent entre le ministère et le Parlement,
ces protestations qui réduisirent cette cour suprême à
l'impuissance, puisqu'on lui enleva le droit d'enre-
gistrer les édits. Dès lors, se manifestèrent dans les
provinces des insurrections difficiles à réprimer;
notamment à Grenoble. — C'est pourquoi les intri-
gues de Loménie de Brienne se dévoilèrent bientôt;
car l'on apprit qu'il avait, non-seulement épuisé le
trésor, mais encore, toutes les caisses des maisons
de bienfaisance. C'en était fait de ce ministre dont
la déloyauté égalait l'incapacité; il dut, après avoir
porté le dernier coup à la cour de justice créée par
saint Louis, céder la place à Monsieur Necker, emportant le mépris de la nation.

RETOUR DE LA FAMILLE DESAIX A SAINT-HILAIRE.

La suppression des Parlements est un de ces événements qui font époque dans les fastes de l'histoire de notre pays; et ce renversement de cette colonne de l'État fait connaître que cette cour suprême, qui défendait la cause des privilégiés, soutenait pourtant contre la cour ce principe : que les états-généraux seuls ont le droit de changer, la base de l'impôt. Au reste, le successeur du cardinal de Brienne, ne vit pas d'autre planche de salut pour la France que la convocation des Trois-Ordres. Cette grande assemblée qui se tint à Versailles, s'ouvrit le 5 mai 1789.

A l'exemple de ses collègues, Monsieur Desaix avait cru dans sa sagesse, devoir quitter Grenoble pour venir habiter sa terre. Il lui en coûta néanmoins ainsi qu'à sa femme de se retirer à la campagne, de briser ses relations de société, et de s'éloigner des personnes dont ils s'étaient fait des amis. Mais la loi sacrée du devoir est toujours acceptée par ceux qui la considèrent comme la source de la plus grande élévation.

Le 25 août, Valérie et son mari arrivaient à Saint-Hilaire, avec la ferme résolution de s'y créer une large existence, sans toutefois dépenser au-delà de leurs revenus. Au reste, bien d'autres familles raisonnaient dans ce sens, car l'avenir de la France semblait bien compromis.

Hélas ! ce que l'on pressentait à la fin de l'année 1788, eut sa réalisation par le signal d'une révolution qui éclata le 14 juillet 89 ; révolution que des hommes sages doués d'un esprit conciliateur eussent voulu prévenir en maintenant aux ministères, Turgot et Malesherbes.

C'est pourquoi chacun se tenait à l'écart en restant chez soi. Toutefois, Monsieur et Madame Desaix se réservaient la satisfaction de recevoir ceux qui viendraient les voir, et de ne jamais aborder les questions politiques ; questions qui sont un écueil pour tous les partis.

UNE TRISTE NOUVELLE.

Ma chère fille,

« Depuis quinze jours je garde le lit; je sens mes
» forces m'abandonner, car je ne prends presque
» plus rien. Or, il ne me reste que le temps de
» mettre de l'ordre dans mes affaires, et de me
» préparer à paraître devant Dieu. Je me faisais
» cependant une fête d'aller à Saint-Hilaire vous
» voir tous une dernière fois, et de te remettre le
» *mémoire justificatif* dont je t'ai parlé. — Je te
» l'envoie, Valérie, et en même temps, j'en expé-
» die une copie au ministère. — Je remercie Dieu
» qui a permis que je pusse avant de mourir, ren-
» dre compte intégralement de ma conduite ; tandis
» que l'infortuné Lally-Tollendal, accusé de trahi-
» son a été mis à mort, il y a vingt ans, sans qu'il
» lui eût été possible de constater qu'il fut plus
» malheureux que coupable.

» De 1766 à 1778, le mémoire de Lally a été en-
» tachée de soupçons et du déshonneur ; mais grâce
» à la sollicitation et au courage de son fils, la
» mémoire du défenseur de Pondichéry est réha-
» bilitée. Quant à moi, ma chère Valérie, j'ai voulu
» te donner la consolation de me regretter comme
» père ; et à ton mari, celle de s'honorer de mon
» nom que je lègue à mon cher petit-fils. »

Ton père bien-aimé.

Comte DE GRASSE, amiral.

25 octobre 1788.

Cette lettre fut pour Madame Desaix un coup de
foudre. Elle fut si accablée par la douleur, qu'il
lui fallut un repos absolu pendant plusieurs jours.
Mais le 28, elle et son fils partirent pour Valette
où ils arrivèrent le 1er novembre.

MORT DE L'AMIRAL DE GRASSE.

Lorsque Madame Desaix se présenta à la chambre de son père, il venait d'avoir une crise, et sa faiblesse était telle, qu'à peine s'il put prendre la main à sa fille : « Valérie, dit le comte, en faisant des » efforts, tu viens recevoir mon dernier soupir, que » Dieu en soit béni ! console-toi. Je suis prêt à » quitter ce monde ; tout ce qui est ici t'appartient. » Conserve-le pour François-Joseph. — Comment » va-t-il ce cher petit ? je l'ai amené mon père ; j'ai » voulu que toute sa vie il se rappelât avoir reçu la » bénédiction de son grand-père. — Qu'il vienne, » car je pressens une crise, et peut-être sera-ce la » dernière ! »

Un quart d'heure après, Joseph était près du comte ; à sa vue le vieillard prit ses petites mains dans les siennes, les couvrit de baisers, et d'une voix expirante il dit : « Valérie, adieu. Que Robert sa-

» che que je l'ai toujours aimé comme un fils.....
» Adieu mes enfants. » Dix minutes après, l'amiral
de Grasse avait rendu son âme à Dieu.

Nous croirions faire des redites en exprimant la
douleur de Madame Desaix, nous nous bornerons
pour achever ce triste tableau, à dire que Monsieur
Desaix s'était empressé d'accourir rejoindre sa
femme, et qu'il était près du lit du comte quand
celui-ci prononça son nom sans le reconnaître;
qu'enfin, l'amiral fut sincèrement regretté de tous
ceux qui le connaissaient.

Ses obsèques furent à la fois, magnifiques et
guerrières. Toute la population de la contrée y
assista avec un sentiment de douleur et de recueillement.

Le corps du comte de Grasse fut déposé au fond
d'une vallée délicieuse; et quelques jours après, à
l'insu de la famille de feu l'amiral, les habitants de
la commune placèrent à l'endroit où il avait été
inhumé, une croix avec cette modeste inscription :

S'il eût pour le trahir des esprits assez bas,
« Sa vertu pour le moins ne le trahira pas. »

RETOUR A SAINT-HILAIRE.

Madame et Monsieur Desaix restèrent à Valette quinze jours pour remplir les formalités qu'exige un décès. Ensuite, ils retournèrent à Saint-Hilaire après avoir eu le soin de dire au régisseur du comte de Grasse, d'apporter une grande vigilance à surveiller la terre de Valette, héritage légué par l'amiral à leur fils. — Quand le gendre et la fille du défunt furent rentrés chez eux, Monsieur Desaix trouva la santé de sa femme si altérée, qu'il s'opposa formellement à ce qu'elle continuât à instruire son fils. — « C'est moi, qui vais vous suppléer, et » pour que mes leçons soient plus profitables, je » conduirai Joseph à Riom trois fois par semaine. » Valérie dut se résigner à ce que son mari exigeait d'elle, et à ménager ses forces, puisqu'elle avait l'espérance de donner le jour à un autre enfant.

Le mois de janvier arrivé, Monsieur Desaix
commença de conduire son fils à Riom prendre des
leçons d'un excellent professeur, Monsieur Budée.
— Jusqu'à Pâques, rien ne vint nuire à la réalisation de ce projet, ni aux progrès de Joseph
Pourtant le moment approchait où de grands événements allaient pendant un quart de siècle, se
précipiter avec une rapidité qu'on n'avait point encore vue dans les âges. — Aussi entendait-on répéter dans un autre sens le mot de Dunois, quand
Louis XI arriva sur le trône : « que chacun songe
» à son pouvoir ! »

C'est ce que pensait la nation qui demandait la
ruine complète de l'ancien régime et une constitution
pour la nouvelle société qui sentait sa force et ses
droits. Mais dans des moments de crise, on n'a
pas seulement à mettre en sûreté ses biens ; il y
a encore la patrie, la famille ; enfin, à toutes les
époques des grands troubles civils, il s'est trouvé
des âmes nobles et pures qui se sont sacrifiées, soit
pour sauver leur pays, soit pour être le réparateur
du mal que l'injustice a causé.

Aussi l'histoire a-t-elle signalé plus d'une fois
des traits de dévouement et d'héroïsme qui ont
éclaté, quand l'orage des passions menaçait d'é-
branler l'édifice social. Et l'on a vu des âmes qui
s'étaient indignées d'une violation quelconque, se
montrer à l'heure du péril, prêtes à faire respecter

les *droits d'autrui*, et à s'armer du bouclier de
la justice pour défendre ce qui est en chacun de
nous, la personne morale. C'est pourquoi, mû par
l'amour de la vérité qui est le plus beau caractère d'une grande âme, Arthur Périer voulut être
le vengeur du droit et de la justice.

CONFIDENCES D'UN FILS A UN PÈRE.

Depuis plusieurs années, le fils de Monsieur Périer avait été nommé adjoint à l'intendance de
Clermont, et tout faisait espérer qu'il remplacerait
son père, quand le travail deviendrait une fatigue
pour celui-ci. Ce jeune homme atteignait sa vingt-
huitième année. Jusqu'ici, il n'avait point manifesté
le besoin de se répandre dans quelques âmes par
une affection régulière et consacrée ; mais depuis
le commencement de 89, Arthur avait l'air pensif,
le regard inquiet comme quelqu'un qui médite un
grand projet.

Toutes les fois qu'il avait eu l'occasion de voir
Monsieur Harlay et Monsieur Desmarest, il leur
avait toujours parlé d'Amélie, et avec des marques
de sympathie. Les qualités dont cette jeune fille (on
peut dire orpheline), était douée, avaient tou .é le
cœur du fils de Monsieur Périer qui, ayant fait sur
la philosophie des études consciencieuses, comprenait qu'il n'y a pas de vraie perfection sans justice
et sans charité, et que de toutes les affections, il
n'y en a pas de plus saintes, que celle de la famille.

« Mon père, dit-il, un jour à Monsieur Périer, j'ai
» à vous révéler un secret de cœur; c'est que j'ai
» le désir de me marier, et que depuis longtemps
» j'ai porté mes vues sur Mademoiselle Amélie du
» Moulins, la pensionnaire qui est l'exemple du
» couvent des dames Bernardines de Grenoble. »

« Mon fils, je trouve tout naturel que vous répon-
» diez au besoin de votre cœur par la famille ; mais,
» permets : le moment est peu favorable, la situa-
» tion est tendue ; car l'approche de l'ouverture des
» états-généraux est un grand événement pour no-
» tre pays ; ensuite, Mademoiselle Amélie a peu de
» fortune, une mère à laquelle il faudra sans doute,
» venir en aide; c'est, il me semble, Arthur, prendre
» sur soi une grande responsabilité. » « Mon père,
» reprit ce dernier, vous raisonnez très sagement;
» mais vous savez qu'imposer silence aux généreu-
» ses passions, est aussi difficile que d'arrêter le flûx
» de la mer.

» Vous m'avez élevé, non avec des sentiments
» d'orgueil et d'ambition ; puisque vous m'avez
» appris, au contraire, que le premier des devoirs
» civiques est la justice ou le respect de la personne
» dans tout ce qui la constitue, et que c'est par le
» cœur, que les hommes sont ce qu'ils sont. Arthur,
» tu as tant de désintéressement, que je ne dois pas
» combattre le doux penchant de ton âme, qui t'attire
» vers Mademoiselle Amélie ; je ne puis que te dire
» de bien réfléchir, afin de ne pas prendre un en-
» gagement qui pourrait être le résultat d'une pas-
» sion déraisonnable.

» Ne craignez rien, mon père, répondit Arthur, le
» sentiment ne voilera point mon jugement ; et
» sachez que depuis longtemps, la distinction du
» mérite et du démérite qui contient le principe de
» de l'harmonie naturelle de la vertu et du bonheur,
» est l'objet de mes réflexions. »

Cet entretien ainsi qu'on le voit, fut plutôt pour
le fils et le père une expansion de sentiments vrais
et vivement sentis, que la révélation d'une passion
dissimulée. Or, quinze jours après, Monsieur Périer s'entendit avec le notaire de la famille du
Moulins, et adressa à Madame la supérieure, une
lettre dans laquelle il lui exprimait le désir de son
fils, la priant de causer préalablement avec Mademoiselle Amélie, et de lui donner sur cette jeune
fille, les renseignements qu'on doit prendre, avant
de donner suite à un projet de mariage.

PRUDENCE DE MADAME LA SUPÉRIEURE.

Lorsque cette femme de mérite, reçut cette lettre, elle éprouva une vive émotion, mais qu'elle dissimula. Respectant les droits de mère de Madame du Moulins, elle résolut de ne rien dire à Amélie avant d'avoir prévenu celle-là de ce dont il s'agissait, afin de ne blesser en quoi que ce soit, les bienséances de la famille.

Madame,

« Bien que vous demeuriez étrangère à votre
» fille depuis le jour où vous l'amenâtes dans la
» maison dont j'ai la direction, je n'ai cessé d'en-
» tretenir en elle, le sentiment de respect filial
» qu'un enfant doit à l'auteur de ses jours. — Ne
» croyez point que j'aie cherché à me soustraire à
» l'autorité qu'une mère doit exercer sur sa fille;
» j'ai voulu être pour la vôtre une seconde mère.
» — Aujourd'hui, je viens à l'insu d'Amélie vous

» prévenir, Madame, que j'ai reçu pour elle, une
» demande de mariage, dans le but de lui faire con-
» tracter une alliance très sortable. Le tuteur de votre
» fille m'a donné sur le parti qui se présente des ren-
» seignements excellents; et l'honorable Monsieur
» Harlay m'a écrit dans le même sens. — Vous
» voyez, Madame, que ce n'est pas la fortune qu'on
» recherche en votre fille ; mais celui qui lui offre
» sa main, n'a point oublié les sentiments de piété
» filiale dont elle donna l'exemple à la Roche,
» quand Monsieur du Moulins tomba malade, ni les
» épreuves qu'elle a supportée dans un âge où tout
» doit être joie et espérance...

» Le jeune homme dont il est question, sait com-
» ment Amélie se conduit dans mon pensionnat, et
» comment aussi, nous l'avons formée à la vie
» réelle, et habituée à devenir une femme véritable-
» ment estimable. Peut-être, Madame, Dieu vous
» ménage-t-il dans l'avenir, l'appui de votre fille
» pour soutenir le poids de la vieillesse, et retrou-
» ver le calme du cœur. Maintenant que j'ai mis
» ma responsabilité à l'abri de tout soupçon, je
» vais m'entretenir avec Amélie de la proposition
» d'un mariage auquel Dieu semble mettre la
» main. »

Veuillez agréer, Madame mes salutations,

Sœur Claire Bernardine.

25 février 1789.

Cette lettre produisit une vive impression sur la mère d'Amélie. Elle était malheureuse; et le malheur ainsi que la pauvreté ramène à l'égalité. — Depuis qu'elle était retirée à Nantes, Madame du Moulins offrait le tableau de la misère physique et de la misère morale. Elle était obligée à travailler et à vivre au jour le jour, réduite à l'isolement le plus complet, car son fils n'avait eu rien de mieux à faire, que de s'embarquer. Quant à des amis, ils sont rares en tout temps! et plus d'une personne sensée ont dû faire souvent l'application de ce vers d'Ovide :

« Heureux, vous aurez des amis sans nombre,
» Mais adieux les amis si le temps devient sombre »

Madame du Moulins lut et relut la lettre de Madame la supérieure ; il semblait qu'elle en éprouvât du bien.

Alors s'engagea une lutte morale entre une passion non satisfaite et l'adversité qui réduit au silence. Quoi qu'il en fût, l'ancienne châtelaine de la Roche écrivit à Madame la supérieure en ces termes :

Madame,

« J'ai reçu votre lettre et vous remercie de me » prévenir du mariage qu'on vous propose pour

» ma fille. — Permettez-moi, de vous objecter que
» je suis portée à croire, qu'Amélie a plutôt des ten-
» dances pour la vie religieuse que pour la vie du
» siècle ; il est bien supposable qu'elle ne pense
» pas à se marier, puisqu'elle sait que la noblesse
» ne déroge jamais.

    » Réfléchissez, Madame à l'avenir que vous pré-
» parez à ma fille, et bien qu'Amélie soit majeure
» dans deux mois, vous n'en serez pas moins res-
» ponsable de sa décision.

    » Recevez Madame la supérieure, mes saluta-
» tions respectueuses.

           » BÉRENGÈRE DU MOULINS. »

      17 mars 1789.

Eclairée des conseils de Monsieur Desmarest,
Madame la supérieure pouvait agir suivant sa conscience. Elle garda la lettre de Madame du Moulins
afin de pouvoir la montrer si les circonstances l'exi-
geaient.

Attendu que nous avons fait connaître toute l'é-
lévation des sentiments ainsi que le tact parfait
de Madame la supérieure, nous pensons que la
haute sagesse de cette femme ne peut-être con-
testée par le lecteur, et qu'elle est digne d'exercer
son ascendant quand il s'agit de préparer le bonheur des élèves qu'elle a formées avec le secours
de l'éducation morale et de l'éducation du cœur.

Ayant reçu de Monsieur Desmarest de nouveaux renseignements sur Arthur Périer, Madame la supérieure fit appeler Amélie, tandis que les autres pensionnaires étaient à la promenade. « Mon enfant, » je vais vous parler d'un sujet très important, et » duquel dépend votre avenir. — Il s'agit pour » vous, d'un mariage proposé par votre tuteur et » Monsieur Harlay, qui a toujours été consulté toutes « les fois que vos intérêts semblaient être com- » promis. Le jeune homme qui vous offre sa main, » appartient à une famille très honorable de Cler- » mont ; il seconde son père dans l'importante ad- » ministration dont celui-ci est chargé.

» Avez-vous, Amélie, jamais eu la ferme réso- » lution d'entrer dans la vie religieuse ? Avouez- » moi, qu'elles sont les pensées qui ont pu troubler » votre esprit et agiter votre âme sensible ? »

« Madame, reprit la jeune pensionnaire? Sou- » vent j'ai éprouvé des moments de tristesse et de » découragement, que votre tendre affection dis- » sipait ; mais on revient forcément à la vie réelle, » quand on l'a vue de près dans son jeune âge. » La pensée que je ne puis rester toujours sous » votre toit patriarchal entourée de votre aile pro- » tectrice, me poursuit et m'afflige. Alors, je me » demande quel parti je prendrai ; et je n'en vois » pas d'autre que celui de me placer en qualité » d'Institutrice dans une famille honorable. Vous

» voyez, Madame, que sur ma vocation, je ne
» veux ni vous leurrer, ni fasciner votre esprit. —
» J'eusse ambitionné l'abrégaton de sainte Paule et
» de sa fille Eustroquie qui, après avoir été dans
» le monde un objet d'admiration, le furent dans
» le cloître, et glorifiées par saint Jérôme. — Ici,
» Madame, on est à l'abri de la tempête, la reli-
» gion y trempe doucement une âme sensible; elle
» en essuie les soupirs, et change en une flamme
» incorruptible une flamme périssable. — Mais,
» je sens que Dieu veut m'éprouver au milieu des
» combats de la vie.

» Très bien, mon enfant, reprit la supérieure;
» mais réfléchissez à ce que je viens de vous révéler.
» — Sachez que le mariage qui est une des voies
» communes, exige tous les sacrifices propres à
» rehausser les enseignements du législateur qui
» en a fait un sacrement. Ne vous faites pas d'il-
» lusion, Amélie, priez Dieu de vous éclairer; im-
» plorer la vierge qui, comme vous, a connu toutes
» les amertumes de la terre; soyez prudente et sin-
» cère; et comptez sur moi dans toutes les impas-
» ses difficiles où vous vous trouverez. »

NAISSANCE DE LA PETITE BLANCHE.

Tandis que sous le toit protecteur des dames Bernadines, la Providence tendait une main secourable à Amélie du Moulins, Saint-Hilaire voyait renaître la joie qui en avait été bannie, par la naissance d'une fille qu'on appela Blanche. Pour se rétablir, Madame Desaix usa de la prudence qui lui avait déjà réussi; et grâce au choix d'une bonne nourrice, la petite Blanche vint à merveille.

Le baptême se fit en famille, car les esprits préoccupés de la situation de l'état s'éloignaient de tout ce qui eût pu les détourner de cette pensée.

François-Joseph joignait à une activité naturelle, d'heureuses dispositions; et attendu qu'on ne le gâtait point, cet enfant promettait d'être charmant.

Souvent il parlait de son cousin, Charles Desaix
qui venait avec ses dix-sept ans, de quitter l'école
d'Effiat pour entrer dans un régiment de Bretagne,
en qualité de sous-lieutenant. Monsieur Robert
Desaix était très fier de son neveu, qui étonnait
ses chefs par la sûreté de ses combinaisons et par
l'ardeur qu'il déployait dans les exercices militaires. Charles se pliait à toutes les épreuves; il
semblait qu'il pressentît que le canon de la révolution était près de se faire entendre, pour l'appeler sur le champ de bataille ; mais n'anticipons
pas sur le temps ; chaque jour suffit à sa peine, a
dit le pieux auteur de l'Imitation.

Quant au château de la Roche, il avait retrouvé
la vie patriarchale qu'appréciait tant Michel de
l'Hospital. Monsieur de Lussac, s'était acquis dans
le pays la sympathie des grands et des petits ; et
lorsqu'on parlait de la famille du Moulins, ce n'é-
tait que pour rappeler la loyauté de l'ex-fermier
général, et pour déplorer en sa femme, le vice
d'une éducation première. D'une autre part, on
soupçonnait que Monsieur Arthur Périer pensait à
Amélie ; mais comme rien n'avait transpiré, on
avait la discrétion de taire la satisfaction qu'on
éprouverait à voir cette jeune fille exercer dans le
monde ses rares et précieuses vertus.

ENTREVUE DE MESSIEURS PÉRIER ET D'AMÉLIE.

Quinze jours s'étaient passés depuis l'entretien de Madame la supérieure avec sa protégée qui les avait consacrés à faire de sages et pieuses réflexions.

« Mon enfant, lui dit sa bienfaitrice, qu'avez-
» vous décidé ? Madame répondit Amélie très
» émue, j'ai, à l'exemple du prophète Samuel,
» consulté le Seigneur ; j'ai entendu une voix
» intérieure qui m'a dit : suis le cours de ta des-
» tinée. — Je consens donc à voir le jeune homme
» qui daigne penser à moi, pourtant en exigeant
» de vous, Madame, la promesse de me faire vos
» objections, je n'en vois aucune, ma chère enfant,
» et Monsieur Arthur Périer, présenté par son
» père, s'est annoncé pour après-demain.

C'était le 1er avril, la nature grandiose du Dauphiné étalait déjà sa magnificence; de sorte qu'un voyage en soi, n'était pas sans attraits. A deux heures le père et le fils étaient introduits dans le salon du couvent, où Amélie assise devant Madame la supérieure, faisait des reprises à une robe de laine noire. Arrivés près de ces dames, Monsieur Périer et Arthur firent à Madame la supérieure, les salutations les plus respectueuses, tout en portant leurs regards sur la jeune pensionnaire. Il ne s'agit point ici de ces entretiens où l'on évite de parler sérieusement, ni d'exalter une passion naissante dans de jeunes cœurs; mais plutôt de montrer à l'imitation de Pierre Corneille, ce que peut la vertu portée jusque dans l'amour.

Lorsque ces Messieurs furent partis, Amélie dit à Madame la supérieure, que la distinction de Monsieur Arthur l'avait frappée, ainsi que la manière affectueuse avec laquelle il parlait à son père.

« C'est à vous, mon enfant, à parler. Ces Mes-
» sieurs doivent rester plusieurs jours à Grenoble,
» chez des amis, — réfléchissez, car, il va de soi,
» que Monsieur Arthur ne continuera ses visites
» au couvent, qu'autant que vous aurez agréé sa
» main. Vous avez raison, Madame, aussi, vais-je
» avec votre permission vous demander jusqu'à
» demain avant de vous prononcer. »

Amélie se montra rêveuse et passa une nuit fort

agitée ; ce qui la préoccupait le plus, c'était de
faire connaître plus explicitement à celui auquel elle
consentait à unir sa destinée, la situation de Madame du Moulins, et le peu de rapports qui existaient entre elle et sa mère, afin que sa nouvelle
famille pût accepter de plein gré, les soucis qu'une
situation malheureuse fait naître au sein d'un intérieur où l'on respecte les humiliations de l'adversité.

C'est pourquoi Amélie persuadée de ne recouvrer
le calme qu'après avoir dégagé son cœur du poids
qui l'oppressait, résolut d'écrire à Monsieur Périer
quelques lignes, si toutefois la supérieure le jugeait
convenable.

Monsieur,

« Avant de vous donner mon consentement, j'é-
» prouve le besoin de vous révéler ce qui jette
» du trouble dans mon âme. Je crains que vous
» n'ayez pas réfléchi à tout ce qui se lie à l'engagement
» que vous êtes près de contracter en épousant une
» jeune fille dont la mère ne peut être qu'un sujet
» de dédain. Je n'ai jamais admis ce que j'ai sou-
» vent entendu dire, c'est-à-dire, qu'en se mariant,
» on n'épouse pas la famille; je réfute cet argument,
» et voudrais faire comprendre, qu'une famille ho-
» norable est pour un jeune ménage, une source

» de joies et de consolations. — Pour moi, Mon-
» sieur je ne nie pas ma mère, je lui pardonne ;
» mais le pardon, bien qu'il implique le côté res-
» pectable de notre religion ne peut suppléer à
» une dot ni au prestige d'une famille bien posée. »

AMÉLIE DU MOULINS.

Cet acte de délicatesse fit une vive impression
sur Messieurs Périer, et le père d'Arthur s'empressa
de répondre à Mademoiselle du Moulins.

Mademoiselle,

« Mon fils et moi sommes très touchés des pro-
» cédés que vous apportez avant d'entrer dans les
» liens sacrés du mariage, soyez persuadée que je
» n'ai pas donné mon consentement à mon fils,
» sans l'avoir prévenu que Madame du Moulins
» est votre mère, et qu'Arthur doit en s'unissant à
» vous, partager la responsabilité du triste sort
» d'une femme, dont l'égoïsme a rétréci l'âme,
» au point d'étouffer les qualités qu'elle pouvait
» céler »

» Calmez-vous, Mademoiselle, n'ayez aucune
» arrière-pensée ; et, si mon fils a résolu depuis
» longtemps de vous choisir pour sa femme, c'est
» qu'il sait que l'amour est Dieu ; qu'il est la puis-
» sance féconde ; qu'il est la vie. »

» Veuillez Mademoiselle , agréer l'assurance do
» ma profonde estime, recevoir mon fils, et fixer
» l'époque de votre mariage. »

Votre futur beau-père,

CHARLES PÉRIER,

Intendant de l'Auvergne.

Cette lettre fut décachetée par Madame la supérieure qui pria Amélie d'en prendre connaissance.

« Rassurez-vous, mon enfant, dit cette femme
» distinguée : ne songez maintenant qu'à l'enga-
» gement que vous allez contracter. — Prévenez,
» Monsieur Desmarest qu'il vous rende ses comp-
» tes de tutelle ; dites à votre fiancé ce que vous
» décidez pour le jour où, quittant notre couvent,
» vous vous donnerez à lui à jamais. »

Au même instant on annonça Monsieur Arthur
Périer qui se présenta avec une physionomie où
respirait le bonheur. A la vue d'Amélie, qui était
grande et belle, Arthur sentit une larme s'échapper
de ses yeux. En qualité de seconde mère, Madame
la supérieure, travaillait près de sa protégée qui,
avec la grâce de Rebecca dit à son prétendu.

« Monsieur, avez-vous réfléchi au sacrifice que
» vous faites en prenant pour épouse une jeune

» fille pensionnaire, et qui, en échange de la po-
» sition élevée que vous lui offrez, avec vos qua-
» lités personnelles, ne vous apporte que son dé-
» vouement et sa vie? Rassurez-vous, Mademoiselle
» Amélie, répondit Arthur Périer; ne me tenez plus ce
» langage, dites-moi plutôt quand nous consomme-
» rons ce que vous appelez un sacrifice? — Que Ma-
» dame la supérieure décide du jour, — je serai
» prête. » — « Mon enfant, continua-t-elle, il me
» tarde de vous voir heureuse et de vous placer au
» sein de la famille que Dieu vous a choisie, pour
» changer en joie les larmes de votre adolescence.

A ces paroles, Amélie tout en pleurs, se jette entre les bras de sa chère supérieure et dit : « Per-
» mettez-moi, Madame, de faire devant Monsieur,
» l'aveu que je ne serai jamais plus heureuse que
» je l'ai été près de vous. — Voyez Mademoiselle,
» reprit Arthur, à quoi cela m'engage ? » « A être,
» répondit la protectrice de sa fiancée, ce que vous
» vous êtes toujours montré : un homme d'honneur,
» un homme de bien, et qui continuera à mettre
» hors de doute, ce que le poète eut raison de dire.

> » Que le travail aux hommes nécessaire,
> » Fait leur félicité plutôt que leur misère. »

Cette entrevue qui fut émouvante, finit par une
décision qui fixa la célébration du mariage au
1er mai. — On fut d'accord sur la simplicité qu'on

dut apporter à tout ce qui est indispensable sans toutefois ne rien sacrifier aux convenances.

MARIAGE D'AMÉLIE.

Le jour où la fille de Madame du Moulins devait quitter sa retraite, retraite où elle eût désiré voir sa fille oubliée à jamais, arriva bientôt ; et ce jour fut pour le couvent des Bernardines, une de ces fêtes qui réjouissent la terre et les cieux. Madame la supérieure avait eu le soin d'avertir la mère de sa chère pensionnaire, afin de prévenir de sa part des réclamations injustes. De leur côté, Monsieur Desmarest s'était mis en règle pour verser la dot de sa pupille ; et Monsieur Harlay eût cru violer les bienséances, en refusant d'accompagner l'intègre notaire avec lequel il avait constamment d'excellents rapports.

Aussitôt après leur arrivée à Grenoble, ils firent une visite à Madame la supérieure ; ils s'y trouvè-

rent en même temps que le prétendu et son père.
Il s'agit alors du contrat que Messieurs Périer es-
péraient passer chez leurs amis, qui s'étaient proposé de donner un repas, après lequel l'acte nota-
rié eût été signé.

Mais la règle du couvent vint mettre des entraves
à ce projet. Madame la supérieure démontra avec
autant de grâce que de clarté, que son devoir lui
imposait l'obligation de ne jamais prendre part à
une réunion en dehors de sa maison ; qu'ensuite, en
qualité de seconde mère d'Amélie, elle ne devait pas
la laisser sortir sans elle, jusqu'au moment où cette
chère enfant appartiendrait à celui auquel elle
associait sa destinée.

« Messieurs, ajouta avec attendrissement cette
» femme d'élite : Tout ce que je puis faire, c'est
» de vous offrir un dîner de famille, selon le rè-
» glement de ma maison, de présider cette réu-
» nion, et de joindre ma signature au contrat, si
» toutefois, cela est nécessaire. — Madame, reprit
» Monsieur Périer : ce que vous proposez, est
» accepté ; nous nous soumettrons à ce que vous êtes
» en droit d'exiger de nous ; et, quoi que nous
» fassions, nous n'acquitterons jamais la dette de
» reconnaissance contractée envers vous.....

A demain, Messieurs, ajouta Madame la supérieure, à demain six heures et demie.

C'était le 30 avril, un mercredi, dans un petit sa-

lon très simplement orné, une table confortablement
servie offrait huit places qui furent occupées par
les personnes que nous avons désignées et auxquelles on avait adjoint le maire de Grenoble
ainsi que l'abbé de Sales, l'aumônier du couvent.

Amélie n'était plus en costume de pensionnaire,
mais parée d'une toilette simple et de bon goût qui
lui seyait à merveille. Le dîner achevé, il fallut
en venir au contrat dont Monsieur Desmarest fit la
lecture. Tout y était conforme à la loi. Il pria chacun
des témoins d'apposer sa signature après que les
fiancés eurent mis la leur sur cet acte civil; tous
le firent avec empressement. Ensuite, ces Messieurs,
craignant de transgresser le règlement des Bernardines, prirent congé de Madame la supérieure
et de la chère Amélie. Pourtant, celle-là insista
pour que les invités restassent encore quelques
instants, de sorte qu'elle pria celle qu'elle affection-
nait avec la tendresse d'une mère, de chanter une
romance en s'accompagnant sur le piano.

Amélie vint s'asseoir sur le tabouret, et mit d'accord avec l'instrument, les paroles du comte de Châ-
teaubriand :

« Combien j'ai douce souvenance!
» Du joli lieu de ma naissance!
» Ma sœur, qu'ils étaient beaux, ces jours de France!
» O mon pays! sois mes amours toujours! »

A neuf heures et demie, Messieurs Périer saluè-

rent ces dames ; et le maire se tournant vers elles
gracieusement, dit : « A neuf heures, je vous atten-
» drai à l'Hôtel-de-Ville. — Très bien, Monsieur,
» répondit Madame la supérieure, car nous avons
» invités pour dix heures, des assistants qui se fe-
» ront un devoir de venir prier pour les mariés. »

UNE BÉNÉDICTION NUPTIALE DONNÉE AUX BERNARDINES.

Le lendemain tout le couvent était en émoi et la
joie dans tous les cœurs. Des corbeilles de toute espèce disposées avec symétrie, annonçaient une fête ;
et le couloir qui conduit à la chapelle orné de guir-
landes magnifiques faisait un passage qui révélait
de l'enthousiasme et de l'ivresse.

La classe fut suspendue ; et les élèves vêtues de
leur plus beau costume, avaient ajouté à leur toilette, une sorte de recherche et d'élégance qui firent
sourire aimablement leur chère supérieure. A huit
heures et demie, la voiture vint chercher Amélie

pour la mener à l'Hôtel-de-Ville. Elle y prit place
près de celle qui lui tenait lieu de mère. Le maire
était prêt ; et il avait tout préparé afin que les mariés n'eussent qu'à entendre la lecture exigée par la
loi, et a donner leurs signatures sur l'acte civil qui
rend le mariage indissoluble. Ensuite, Arthur Périer et Amélie montèrent dans leur voiture, et revinrent au couvent suivis de plusieurs équipages.

A peine la porte de la cour principale fut elle ouverte, qu'Amélie aperçut toutes ses compagnes en
rang selon leur âge, et qui lui jetaient des fleurs
avec des visages épanouis. Lorsque la mariée descendit de voiture, Monsieur Harlay lui offrit son
bras, et la conduisit à l'autel de la chapelle qui était
ornée comme au jour des solennités du christianisme. — L'enceinte ne fut pas assez spacieuse pour
recevoir les assistants. Lorsque les mariés eurent
pris la place qui leur était réservée, Madame la supérieure vint s'agenouiller à la droite d'Amélie.
Ensuite l'abbé de Sales, héritier des vertus et des talents du célèbre évêque d'Annecy, commença la cérémonie. Le discours d'usage fut aussi bien dit qu'il
avait été écrit, et produisit une impression si consolante, qu'il attendrit tous les cœurs.

La bénédiction donnée, toutes les cloches de la
maison se firent entendre, tandis que Monsieur Périer
offrait son bras à sa belle-fille pour l'introduire au
salon où l'attendait Madame la supérieure ; et, avec

une profonde émotion, elle tendit la main au marié
en disant : « Monsieur, mon Amélie est à vous ;
» elle ne m'appartient plus. » — Une demi-heure
après cette scène touchante, un autre vint la remplacer. Toutes les grandes élèves du couvent se présentèrent, et embrassèrent leur ancienne compagne, (notre modèle, disaient-elles) avec l'expression
d'une sincère amitié. Amélie répondit à ces témoignages par des paroles très aimables, et vivement
senties ; puis elle offrit un petit souvenir à celles
qui avaient été ses amies intimes. Un déjeûner fut
donné par Madame la supérieure à la famille Périer,
tandis qu'une collation où rien ne manqua, et suivie
d'une belle promenade, fêtait les pensionnaires du
couvent.

A trois heures, les mariés et les invités du mariage de Mademoiselle du Moulins se promenèrent
dans le parc et la forêt qui le protége. Le temps
était charmant ; la nature, dans tout l'éclat de sa
splendeur ; enfin, l'atmosphère embaumée que ra-
réfiait l'air pur des montagnes, eût été jalouse de
ne pas joindre ses bienfaits à une fête sympathique
à tous.

A cinq heures, tout était fini aux Bernardines
pour ce qui concernait la chère pensionnaire ; car
le moment où il fallut qu'elle se séparât de Madame
la supérieure, était venu : Ce fut une heure cruelle
pour l'une et l'autre, qui ne purent proférer une

parole. Mais, quand un coup de sonnette avertit que la voiture était à la porte, Madame la supérieure fit un effort sur elle-même et dit : « Amélie, il faut » partir ; c'en est fait des Bernardines pour vous ; » la famille, le monde vous appellent..... Prenez le » bras de votre mari et suivez-moi. » — Dix minutes après nos jeunes mariés traversaient l'avenue de Pins qui, du couvent, aboutit à une place de Grenoble, pour descendre ensuite à l'hôtel Vaucanson.

Madame Pinard était bien loin de penser, que cette jeune femme était la jeune fille qui sept ans auparavant, avait par son air malheureux, inspiré un sentiment de compassion aux hôtes de sa maison : « Voilà comment la justice qui élève les peuples, » marche d'un pas lent, mais sûr, et triomphe de » ses ennemis quand l'heure est venue...... »

VISITES DE FAMILLE.

Après avoir passé quelques jours à Grenoble,

Arthur Périer et sa femme renoncèrent au voyage d'Italie qu'il leur eût été agréable de faire.

Le sinistre horizon qui s'élevait au-dessus de la France, faisait ajourner toute espèce de projet ; de sorte que nos jeunes mariés se bornèrent à faire des visites de famille et d'amis. Partout où ils se présentèrent, ils reçurent un gracieux accueil ; accueil auquel ils surent répondre par une amabilité et un tact parfaits.

Pour Amélie, ce bonheur était un rêve ; cependant, il n'était pas sans mélange :

« Être heureuse, se disait-elle, tandis que ma
» mère est malheureuse, c'est cruel ! »

Aussi, quand Arthur eut remarqué sur la physionomie de sa femme, un regard de tristesse, en devina-t-il la cause, et s'empressa-t-il de lui dire, qu'avant de rentrer à Clermont, ils s'arrêteraient à Nantes : c'était tout dévoiler.

Ce voyage fut long et fatigant, puisqu'il se fit en voiture. Notre jeune ménage visita Lyon et Dijon, où Arthur y retrouva d'aimables cousines, bien qu'elles fussent âgées. A Paris, ils restèrent huit jours ; car pour Amélie qui n'avait jamais voyagé, cette ville était une merveille. Notre-Dame dont Alexandre III posa la première pierre en 1162, la saisit d'admiration. Le Louvre, centre de tous les chefs-d'œuvre des arts libéraux, était au-dessus de ce que son imagination et l'étude lui avaient révélé.

Arthur qui retrouva à Paris d'anciens condisciples dont l'amitié lui étaient acquise, fut enchanté de leur présenter sa femme, et de recevoir de leur part les politesses que dicte la bonté du cœur.

« La politesse est à l'esprit
» Ce que la grâce est au visage;
» De la bonté du cœur, elle est la douce image ;
» Et c'est toujours la bonté qu'on bénit! »

De Paris, Amélie et son mari s'arrêtèrent à Orléans, l'ancienne *Genabum* de César. Cette ville, la clef du Berry, n'avait point encore subi les transformations que l'édilité contemporaine y a opérées depuis cinquante ans; mais la cathédrale avec son style gothique flamboyant, excite la curiosité du touriste et captive l'attention de l'ami de l'art.

Suivant le cours de la Loire, notre jeune ménage se rappela les désastres que la guerre de cent ans causa sur ses rives pittoresques, ainsi que les actes de cruauté et de vengeance dont la religion ne put arrêter le cours, même à l'époque où l'on avait pris les armes pour la défense de la foi catholique. — Arrivés à Tours, Amélie et Arthur s'y reposèrent pendant deux jours, et n'oublièrent pas de visiter le tombeau de saint Martin, cet apôtre de la charité qui au iv° siècle honora l'épiscopat de cette ville.

Le surlendemain, ils descendirent à l'hôtel Clisson de Nantes. C'était le 25 mai.

LA SCÈNE DU PARDON.

Nulle autre pensée que celle de sa mère, ne pénétra dans l'esprit d'Amélie, ni le mouvement de ce port dont les vaisseaux remontent la Loire, ni les souvenirs historiques qui se lient à cette partie de la Bretagne, ne purent dissiper la tristesse de cette jeune femme : « Allons, dit-elle à son mari, allons » rue Saint-Anne, ayons du courage, — allons » surprendre ma mère, nous jugerons mieux de » sa situation. » — Ils prirent un guide qui les conduisit à la demeure de Madame du Moulins, et qui était située à l'extrémité de l'un des faubourgs de la ville.

Arrivée à la porte du numéro 37, Amélie frappa une fois ; personne ne vint ouvrir ; elle recommença une seconde fois, et vit apparaître une vieille femme

malproprement vêtue, qui lui dit : « Que vou-
» lez-vous, Madame ? Puis-je, reprit cette dernière,
» voir Madame du Moulins. — Je n'en sais rien,
» montez au second étage ; vous trouverez à droite
» une porte qui est celle de la dame dont vous
» parlez. — Venez Arthur, continua Amélie en
» contenant son émotion. » — Ils suivirent donc
l'escalier indiqué et tirèrent une sonnette. Après
quatre minutes d'attente, une femme aux traits
altérés, au regard malheureux, ouvrit en disant :
Qui demandez-vous ? — « N'est-ce pas ici que
» demeure Madame du Moulins, répondit Arthur ?
» Oui, que lui voulez-vous, Monsieur ? Elle ne re-
» çoit personne, si ce n'est les gens de la maison
» qui lui fournit de l'ouvrage. — Madame, con-
» tinua-t-il, vous ne pouvez refuser l'entrée de
» votre demeure à ceux que la Providence vous
» envoie pour vous apporter des paroles de paix
» et de conciliation. — Qui que vous soyez, reprit
» Madame du Moulins en proie à une vive émotion,
» sachez qu'il n'y a pour moi, ni pardon, ni repos.
» Si le génie a son flambeau, le remords a son
» spectre !... »

À ces paroles, un tremblement nerveux s'empara
de la malheureuse mère qui perdit l'usage de ses
sens. Amélie et son mari lui prenant chacun un
bras, la soutinrent, et la menèrent s'asseoir sur l'un
des siéges de la chambre qu'elle occupait. Il fallut

un quart d'heure pour que la pauvre femme re-
couvrât ses esprits; mais elle ne reconnut point sa
fille qui cependant lui pressait les mains en disant :
« Ma mère, reconnaissez Amélie, votre fille, elle a tout
» oublié et vous présente celui qui, par son amour,
» est devenue son soutien, son sauveur, — c'est le
» fils de l'honorable Monsieur Périer, intendant de
» l'Auvergne, qui m'a associée à sa destinée; c'est
» votre gendre qui sait que l'amour est prodigue
» de bienfaits et avare de haine. » Et, fondant en
larmes, Amélie embrasse sa mère qui, vaincue par
ses paroles, tombe dans un tel abattement qu'il lui
faut gagner son lit.

Amélie reste près de sa mère, tandis que son mari
sort pour lui procurer les choses nécessaires à son
état. — Peu à peu, Madame du Moulins retrouve
du calme, et veut s'expliquer ce qui s'est passé.

Le soir, Arthur vint chercher sa femme ; et avant
de quitter la malade, ils eurent le soin de mettre
auprès d'elle quelqu'un qui pût lui donner des
soins immédiats.

Le lendemain, dès huit heures, Amélie se rendit auprès de sa mère qui était bien mieux. Une
bonne nuit passée au milieu de douces rêveries,
avait dissipé les noirs pressentiments qui agitaient
son esprit et son âme.

A l'heure du déjeuner, Arthur vint chercher sa

femme, et se montra bienveillant pour sa belle-mère qui en parut touchée.

« A demain, ma mère, dit Amélie, il se pourrait
» que je ne vous revisse pas aujourd'hui ; mais en
» attendant ma visite, vous allez recevoir tout ce
» qui est indispensable pour satisfaire aux exigences
» de la vie. » — Effectivement, le même jour, le réduit de Madame du Moulins fut transformé en une
demeure modeste et honnête. — Mais le jour du départ arriva. La veille, Madame Arthur Périer et son
mari, passèrent l'après-dînée rue Sainte-Anne, ce
qui n'était pas gai pour des jeunes mariés ; mais ils
voulaient avant tout, émouvoir les sentiments
d'une épouse repentante, d'une mère punie par le
fils pour lequel elle avait tout sacrifié en se pliant
à toutes les ressources de l'égoïsme ; enfin, lui prou-
ver que *l'amour donne la paix aux hommes*, le
calme à *la mer*, et le sommeil à la douleur.

Quand d'une église voisine, on entendit sonner
neuf heures, Amélie et son mari se levèrent : « Nous
» sommes obligés de vous quitter, ma mère, car
» nous avons à finir nos caisses pour prendre de-
» main matin la poste. » Sans rien dire, Madame
du Moulins se leva, embrassa sa fille en pleurant ;
puis tendant la main à son gendre elle vit celui-ci
s'approcher et lui remettre un billet de mille francs,
en disant : « Madame, tous les six mois, vous re-
» cevrez la même somme. »

RETOUR A CLERMONT.

Le 4 juin, Arthur Périer et sa femme suivirent le cours de la Loire en amont, et s'arrêtèrent à Blois pour visiter le château qui fut si souvent le séjour des Valois des deux branches.

A cette époque, la siége épiscopal de cette ville, était représentée par Monseigneur de Thémines qui, à la supériorité de l'esprit, unissait une bienfaisance dont les Blésois ont conservé un précieux souvenir. — Après un jour passé à Blois, où Madame Périer et son mari remarquèrent les belles manières et le bon langage qu'y avait naturalisés le séjour de la cour, ils prirent la route de Bourges, et s'y arrêtèrent, empressés de visiter la cathédrale qui, avec son style gothique fleuri ; est une des plus belles de France, de même que le palais de Jacques-Cœur, considéré comme le plus curieux monument de l'architecture civile du xv⁰ siècle. Enfin, le 9 juin, Arthur et Amélie rentrèrent à

Clermont ; à quatre heures du soir, ils descendirent
à la porte du vieil hôtel de l'intendance-générale.

INSTALLATION A CLERMONT.

Monsieur Périer fut très heureux de recevoir son
fils et sa belle-fille. Son premier soin fut de montrer l'appartement qu'il leur avait fait préparer à
l'extrémité d'un vaste jardin dont les fleurs odo-
rantes exhalaient un doux parfum. Tout y était
simple et disposé avec goût, de sorte que notre
jeune ménage s'y installa avec grand plaisir. Après
quelques jours de repos, Amélie écrivit à Madame
la supérieure une lettre dont le lecteur devine le
fond et la forme.

« Madame, lui dit-elle, je vous remercie de m'a-
» voir appris à faire un noble usage de ma liberté,
» et à rechercher cette sagesse qui discerne ce
» qui est vraiment utile, et ce qui conduit sûre-
» ment au bonheur.

» Mon âme, ajoutait Amélie, s'éclaire auprès
» d'Arthur d'une douce lumière, et s'illumine de
» joie et d'espérance. — Mais, sachez, Madame, que
» mon bonheur ne me ravit point à votre consolant
» souvenir qui est pour moi, celui d'une mère
» bien-aimée.

» Mon mari vous offre ses respectueux homma-
» ges, et moi, qui vous embrasse, agréez l'assu-
» rance de mon attachement et de ma reconnais-
» sance inaltérables. »

Amélie Périer.

LES ÉTATS GÉNÉRAUX DE 1789.

Ces joies de famille n'existaient pas partout. Le
château de Saint-Hilaire était morne et silencieux.
Madame Desaix seule avec ses enfants, trouvait le
temps bien long depuis que le bailliage de Riom
s'était fait représenter par Monsieur Desaix aux
états-généraux. Six semaines s'étaient écoulées, et

l'assemblée de Versailles n'avait point encore montré l'entente qu'exige une réforme politique et sociale. Bientôt on s'alarma de la séance du 20 juin, qui eut pour résultat le serment du jeu de paume, la proclamation de l'inviolabilité des représentants, enfin la fusion des Trois-Ordres, qui eut lieu le 27 juin.

Pour Monsieur Desaix, cette bonne intelligence n'était qu'apparente ; il prévoyait avec raison que la cour se laisserait surprendre par l'orage amoncelé au-dessus du trône depuis la fin déplorable de Louis XV. — C'est pourquoi, Monsieur Desaix qui était bien résolu à ne jouer aucun rôle politique, revint à Saint-Hilaire, heureux de se réunir à sa chère Valérie et de rendre service à tous. — Avec son coup d'œil observateur, Monsieur Desaix se préoccupait de l'avenir et s'imposait des privations, afin de remédier aux misères qui se succèdent aux époques de transition. Hélas ! il ne se trompait pas : on sait que c'est dix-sept jours après les témoignages de fraternité manifestés à l'assemblée, que se fit entendre le canon de la Bastille ; qu'ensuite, dans l'espoir de prévenir une jacquerie par une révolution, le duc d'Aiguillon, le vicomte de Noailles, et Mathieu de Montmorency, proposèrent l'abolition des priviléges, dont le décret fut rendu pendant la nuit du 4 août. Malheureusement l'esprit de conciliation manquait à ceux qui eussent exercé le plus d'influence, et il en résulta que l'heure du péril fut permanente.

A toutes ces craintes qui étaient fondées, vint s'ajouter un hiver rigoureux qui accrut la misère, et accéléra le moment de l'émigration.

L'année 1790 si féconde en réformes puisqu'elle subdivisa les provinces du territoire en départements, et qu'elle sépara le pouvoir judiciaire du pouvoir administratif, modifia les fonctions des principaux personnages de notre récit. Monsieur Desaix fut appelé à la présidence du baillage de Clermont, Monsieur Périer administra le Puy-de-Dôme en qualité de préfet, et son fils, l'arrondissement de Riom comme sous-préfet, — Quel tâche épineuse pour les uns et pour les autres en présence de deux mouvements contraires ! D'une part, grossissait le courant sorti des principes de 89, et suivi par des hommes éclairés et aux mœurs sévères ; d'un autre, le torrent populaire qui entraîne les masses à tous les excès qu'inspirent la haine et la vengeance. On sait qu'une innovation en législation et en politique fait éprouver des difficultés à ceux qui sont désignés pour en faire l'application. Mais les changements que Messieurs Périer et Desaix tentèrent d'opérer, furent reçus avec applaudissement, et les plaintes de ceux qui murmurèrent, furent étouffées par les acclamations des hommes raisonnables. Ainsi se passa l'année 1790 ; et lorsqu'on se rappelle la fraternité et l'enthousiasme qui se manifestèrent à la célébration de la fédération, le 14 juillet, on ne peut douter que l'on ne crut au succès pacifique de l'assemblée nationale. Malheureusement, l'année 91 accéléra la tourmente révolutionnaire : d'abord, elle eut à signaler des dissentiments incessants entre la cour et l'assemblée nationale. De là, absence de mesures répressives contre les factions ; défiance au au ministère, soupçons et craintes exagérées.

De même qu'un vaisseau sans gouvernail devient le jouet des flots, de même, Louis XVI trop faible pour porter la couronne après le règne orageux de Louis XV, le fut des hommes qui abusaient de sa bonté. Il résolut d'émigrer lui et sa famille. On se rappelle que, reconnu à Varennes, le roi fut arrêté, ramené ; et que l'assemblée le réhabilita avec ses pouvoirs dans l'espoir de calmer l'effervescence des esprits et les passions du peuple. — Malgré ces sages combinaisons, l'assemblée nationale résolut de suspendre ses décrets et de céder ses droits, en qualité de représentants de la nation, à une autre assemblée, la législative. Malheureusement, elle ne se borna pas à menacer, car elle frappa ; et, bien que nous passions sous silence, l'inumération des décrets injustes qu'elle rendit, nous mentionnerons néanmoins, celui qui eut pour résultat la destitution du préfet de Clermont et celle de son fils, par ce qu'ils se refusèrent à donner suite aux poursuites ordonnées contre les prêtres non-assermentés.

ÉMIGRATION DE LA FAMILLE PÉRIER,

Amélie avait été la première à s'impressionner vivement des événements qui se déroulaient sous le ciel assombri de la France. Le départ de Clermont s'effectua le 1" janvier 92, afin de se soustraire au début d'une guerre devenue inévitable depuis le congrès de Pilnitz.

Quatre jours après, nos émigrés arrivaient dans le Valais qu'ils avaient choisi pour refuge : d'abord, avec l'espoir de protéger Madame la supérieure des Bernardines dont la maison devait-être fermée; ensuite, par le désir que Madame Arthur avait de connaître les sites pittoresques et romanesques de l'ancienne Helvétie.

Le 6 janvier, nos voyageurs arrivèrent à Grenoble, et s'empressèrent de se rendre aux Bernardines. « Nous venons dit Amélie, en embrassant » Madame la supérieure, vous prendre afin de vous

» sauvegarder du danger qui menace les maisons
» religieuses.

» Je vous reconnais-là, ma chère enfant, mais
» je ne puis vous suivre dans votre exil. J'ai remis
» mes élèves à leurs familles, et je dois rester avec
» mes sœurs sur la brèche, jusqu'à ce que le péril
» devienne imminent. — Vous voyez Madame, re-
» prit Arthur Périer, que nous serons peu éloignés
» de vous. — A toute heure, vous nous trouverez
» prêts à vous protéger. Merci, espérons des temps
» meilleurs. » Pressée par l'heure, la famille Périer
quitta le couvent avec de noirs pressentiments.

Le lendemain ils n'étaient plus sur le sol français,
mais en Savoie. Ils prirent un jour de repos à
Annecy, qui n'est qu'à 9 kilomètres de Genève. —
Bien que nos voyageurs fussent fatigués, ils ne voulurent cependant pas quitter cette ville où est consacrée par le culte du souvenir, la mémoire de saint
François de Sales, sans visiter la cathédrale qui renferme les reliques de ce vénérable prélat. Le 9, la
famille Périer arriva à Sion, et descendit à l'hôtel des
réfugiés Français. Elle y prit un appartement très
simple, car sur la terre d'exil, le pain est si amer,
qu'on n'ose le partager avec qui que ce soit dans la
crainte d'être trahi.

COURAGE DE MONSIEUR DESAIX.

Nous laissons nos exilés se délasser par des promenades quotidiennes dans les vallées du Valais, pour parler de la situation anomale du château des Desaix.

Jusqu'ici le président n'avait point été inquiété par les rigueurs de la législation ; et, grâce à la vigilance et à la modération de Monsieur Robert Desaix, Riom n'avait point éprouvé des secousses contre lesquelles la résistance ne peut rien opposer.

C'est pourquoi, ce magistrat zélé était peu à Saint-Hilaire ; il savait que sa présence ranimait les esprits de son baillage. Mais, afin que, sa femme fût moins isolée, et qu'il y eût près d'elle, quelqu'un qui, au besoin pût répondre aux audacieux, Monsieur Robert Desaix avait pris un précepteur âgé pour continuer l'éducation de son fils.

Quant à Charles Desaix, depuis qu'il s'était enrôlé

il était sous les ordres du prince de Broglie (Victor Claude), en qualité d'aide-de-camp de celui-ci employé dans l'armée du Rhin comme maréchal de camp. En 92, le prince ayant donné sa démission, Charles Desaix entra au service de Custines, qui venait d'être mis à la tête de l'armée du Rhin. C'est sous les ordres de ce général médiocre, que le jeune aide-de-camp révéla qu'il possédait une sagesse de combinaisons qui rappela la tactique du célèbre Fabert.

Tandis que le gouvernement préparait des moyens de défense, les propriétaires de Saint-Hilaire et ceux de la Roche, se prêtaient un mutuel secours en soupirant après des temps meilleurs. Hélas ! ces temps étaient loin de revenir au foyer domestique, car 93, amena l'établissement du tribunal-révolutionnaire avec le comité de salut-public ; et à sa suite l'imigration, or il fallut abandonner Saint-Hilaire et la Roche.

ÉMIGRATION A JERSEY.

D'un commun accord, Monsieur de Lussac et Monsieur Desaix résolurent de quitter la France, et de fuir à l'Ile Jersey, située à 25 kilomètres du département de la Manche : « Nous serons, se dirent » nos réfugiés, sur le territoire anglais, loin de la » tourmente révolutionnaire; si les ressources nous » manquent, nous imiterons l'abbé de Chevérus qui, » depuis six mois, est en Angleterre, où il donne » des leçons de français et de mathématiques. »

Tels étaient les sentiments de résignation et de courage dont étaient animés nos exilés qui s'embarquèrent à Rochefort, et arrivèrent à Saint-Hélier le 15 mars. La famille se composait de six personnes : d'une part, Valérie, son mari et leurs enfants; d'une autre, Monsieur de Lussac accompagné de son fils âgé de 19 ans ; enfin, d'un domestique fidèle et dévoué. Quant au précepteur des enfants Desaix, on avait cru qu'il était prudent de ne prendre aucune responsabilité et de le laisser en France. C'est pourquoi Monsieur Desaix prit le soin d'instruire son fils, Valérie, de développer l'intelligence de sa petite Blanche, et Edmond de Lussac de dessiner afin de se former à l'étude des Beaux-Arts, pour lesquels il avait d'heureuses dispositions.

Jersey a un aspect accidenté ; elle est montagneuse et enceinte de rochers qui en rendent l'accès difficile. Elle renferme des vallées fertiles ; on y jouit d'un climat doux et tempéré ; de plus, on y trouve en abondance du poisson excellent. En de telles conditions, la vie matérielle devient facile, et adoucit la douleur de l'exil.

Pour Monsieur de Lussac, membre de l'Académie des sciences, il charmait son esprit et son âme en proie à une profonde tristesse par des recherches sur l'histoire naturelle, et par un travail suivi, tandis que son fils dessinait d'après nature des sites ravissants.

Ces deux familles se promenaient ensemble, et ramenaient naturellement la conversation sur les malheurs de la patrie désolée. De temps en temps, ils recevaient de leurs gardes quelques nouvelles ; mais on peut dire, selon l'expression de Madame de Sévigné, qu'elles leur fendaient le cœur.

D'abord, nos réfugiés français apprirent que la condamnation des Girondins appelés modérantistes,

avait soulevé la Normandie, le midi et le centre de
la France; et que la fertile Limagne n'avait pas
été épargné par les agents de la commune : ainsi,
la Roche eut ses remparts démolis, Saint-Hilaire,
la tour abattue.

Quant à la famille Périer, possesseur de l'hôtel où
se tenait l'intendance, elle eut le regret d'apprendre
qu'il était occupé par des représentants du comité
du salut-public, et qu'on s'y livrait à tous les excès.

Lorsque Madame Arthur Périer apprit les hor-
reurs du siége de Lyon, elle tomba dans une douleur si profonde, qu'elle dépérit de jour en jour.
La pensée que Madame la supérieure était exposée
à un péril imminent, la poursuivait sans cesse. En
vain, son mari et Monsieur Périer essayèrent-ils de
consoler Amélie, car elle pressentait que cette femme
si digne de respect avait eu à choisir entre la prison
ou la mort.

Effectivement, le couvent des Bernardines fut
envahi par les agents de la convention, et Madame
la supérieure incarcérée comme l'étaient à Paris
Madame Récamier, Madame Tallien et la vicomtesse
de Beauharnais.

Messieurs Périer se mettaient au courant des tristes nouvelles de la France, parce qu'ils allaient fré-
quemment à Genève, où s'étaient réfugiés un grand
nombre de Français. Aussi, que de soins et de mé-
nagements fallait-il prendre pour rassurer Amélie

qui étaient près de devenir mère ! La tromper était difficile, la raisonner impossible. Heureusement que quelques dames bien nées et dotée d'un cœur bien placé, s'intéressèrent à Madame Arthur Périer qui leur était très sympathique. Avec une sensibilité et un tact parfaits, elle ranimèrent le courage d'Amélie et la rattachèrent à la vie, en l'entretenant des joies de la maternité que Dieu lui réservait. Ces dames venaient travailler avec elle, l'accompagnaient dans de courtes promenades, et réussirent par leurs attentions opportunes, à gagner du temps jusqu'au jour 16 septembre, où la naissance d'un fils, vint resserrer une union qui, sur la terre de l'exil, rappelait celle de Louis IX et de Marguerite de Provence.

Cet enfant ne reçut point le nom de Jean Tristan, comme celui qui naquit à Damiette, mais celui de Pierre Maurice. Amélie nourrit son premier-né et le fit avec succès. Or, d'un côté, les fatigues de la maternité, de l'autre, les consolations de l'espérance s'emparèrent des facultés de cette jeune mère, qui recouvra ses forces ainsi que l'énergie de son caractère. 93 finit tel qu'il avait commencé ; c'est-à-dire, avec la prorogation de la terreur. Les dernières nouvelles faisaient connaître le supplice du comte de Custines, l'injuste condamnation à mort de l'infortunée Marie-Antoinette ; la victoire de Kléber qui, devant Chollet, venaient d'é-

craser les Vendéens exhortés au patriotisme par
Bonchamps et d'Elbée. On annonçait aussi, les succès de Jourdan à Watignies, tandis que le général
Hoche, dont la renommée est si pure, reprenait
aux Autrichiens les lignes de Wissembourg. Quant
à nos refugiés à Jersey, ils suivaient autant qu'il lo
pouvaient, la suite des événements en France ; car,
quelques feuilles publiques arrivaient jusqu'à Saint-
Hélier.

Attendues avec anxiété, elles glaçaient d'effroi
celui qui en faisait la lecture. De temps à autre,
Monsieur Desaix et Messieurs de Lussac se deman-
daient ce qu'étaient devenus lo préfet de Clermont
et sa famille. Et Valérie répondait : « Ils pleurent
» comme nous sur les maux de la patrie menacée ;
» ils mettent à profit sans doute, toutes les puis-
» sances de leur âme ; puissances si étroitement
» associées et fondues malgré leur diversité, qu'elles
» laissent découvrir que, si la nature est vouée à
» la douleur, elle a aussi des forces surprenantes
» qui leur permettent de no pas succomber. »

« Voilà, comment à Jersey et dans lo Valais,
» nos refugiés puisaient dans les leçons de l'adver-
» sité, de précieux enseignement pour l'avenir. »

« Encore une année de finie sans prévoir quand
» nous reverrons notre ciel et nos montagnes ! di-
» saient Madame Arthur. »

Tel était lo cri do détresse de nos exilés, lors-

qu'un savoyard venu à Sion le 1ᵉʳ fervrier 94, fit
renaître le courage et l'espérance dans ces cœurs
découragés : « On apprends dit l'Italien, que les
» montagnards en sont venus à se déchirer entre eux ;
» que les Dantonistes ne sont plus que des modérés
» aux yeux des tyrans du comité du salut-public,
» plus que des indulgents, et qu'on va se défaire
» d'eux par une sentence de mort. — C'est ce qui
» arriva le 5 avril. Mais, a dit saint Germain évê-
» que de Paris : » « Celui qui creuse une fosse à
» son frère, y tombera lui-même. »

Depuis la chute de Danton et d'Hébert, Robespierre était devenu odieux à ceux-mêmes qui l'a-
vaient encouragé dans la voie du crime. Bientôt se
forma par Tallien, par Billaud-Varennes, Fouché et
Barras, un complot contre le dictateur, pour délivrer
la France de la tyrannie ; et le 9 thermidor, la tête
du tyran roula sur l'échafaud. — Eh ! avant cette
délivrance ; que de victimes enlevées à la vertu, au
savoir, au génie ! Que depuis ces jours néfastes,
la poésie, la science et le talent ont tirées de
l'oubli !......

Avec la mort de Robespierre finit la terreur ; les
prisons s'ouvrirent ; les lois révolutionnaires furent
abolies, et l'on eut l'espoir de voir tarir les larmes
de la patrie désolée.

RETOUR A SAINT-HILAIRE.

La route de Jersey à Riom étant plus promptement faite que celle de Suisse, Monsieur de Lussac et ses voisins revinrent avant la famille Périer. — Monter sur une embarcation anglaise, fut le moyen de transport auquel ils recoururent. Deux jours après leur départ, ils arrivèrent à l'île d'Oléron où ils passèrent la journée du 15 aout. Le lendemain ils prirent place dans un bateau chargé de salines, et résolurent de suivre ainsi le cours de la Charente, jusqu'au département de la Haute-Vienne, d'où sort ce fleuve ; ensuite, de prendre une voiture qui pût les conduire jusqu'à Riom. Ce trajet dura trois jours, et fut très fatigant ; mais tous les chagrins de l'exil s'effacent à la pensée de revoir les lieux qui vous sont chers ! Il en fut ainsi pour nos colons de Jersey. Pourtant, on les vit pâlir et chanceler à la vue des ruines qui couvraient la Limagne...........

A peine reconnaissait-on le style du manoir de la Roche, et la modeste façade de Saint-Hilaire. Ceux qui se rappellent que Marius proscrit, a pleuré sur les ruines du Carthage, ne seront pas surpris que Monsieur Desaix et Monsieur de Lussac n'aient pu contenir leur émotion, en cherchant à retrouver leurs immeubles. Et, arrivés à l'endroit où naguère, il y avait suivant une coutume, une croix de bois, les voisins que le malheur commun avait rendus amis, se séparèrent sans pouvoir proférer une parole.

RETOUR DE LA FAMILLE PÉRIER.

Madame Périer et son mari voyagèrent à petite journée, dans la crainte de fatiguer leur enfant. Dans un pays de montagnes, on se sert de mulets qui rendent de grands services à ceux qui désirent admirer les beautés si variées que la nature déploie quand on en recherche les secrets. — Le 22 août, nos

exilés, revoyaient Grenoble. Aussitôt après leur
arrivée, Amélie et Arthur volèrent aux Bernardines.
— Qu'y trouvèrent-ils ? des murs renversés, des
boiseries entassées, et le silence qui entoure les
tombeaux. — A cette vue, Amélie faillit s'évanouir,
et s'éloigna en versant des pleurs abondants. —
Troublée elle ne put dire un mot. Son mari la ra-
mena à l'hôtel Vaucanson où n'étaient plus Monsieur
et Madame Pinard, si obligeants; mais des étran-
gers, qui cependant, se prêtèrent à la circonstance,
et s'empressèrent de prendre les informations qu'A-
mélie était si désireuse d'avoir.

On apprit que cette femme, dont la grâce sancti-
fiante fit la force, avait été rendue à la liberté,
et qu'elle expira entre les bras d'une jeune femme
qu'elle avait dirigée dans la voie du bien. Le 24,
la famille Périer continua son voyage qui fut très
pénible; et ils n'aperçurent la cime du Puy-de-
Dôme que le 30. Accablés par la lassitude d'une
route longue et difficile à suivre, Monsieur Périer
et ses enfants descendirent dans le premier hôtel
qui se présenta sous leurs pas, en attendant qu'ils
pussent se faire à la pensée de reconnaître parmi
tant de désastres, leur ancienne demeure.

Quoiqu'il en soit, quand l'exilé revient dans sa
patrie, et qu'il retrouve entre des ruines, le toit qui
protégea son berceau ou son enfance, il arrive souvent, qu'il verse des larmes d'attendrissement. Et,

jetant un voile sur le passé, il recouvre la paix et
le sourire de l'espérance.

Telle fut l'impression consolante que ressentirent
les propriétaires de l'ancienne Limagne : semblable à un baume qui, peu à peu, cicatrise une plaie
douloureuse le courage que donne le cœur, les sou-
tint pour se créer une nouvelle existence.

SITUATION RESPECTIVE DES TROIS FAMILLES.

Chacune des trois familles émigrées eut naturellement à procéder à la restauration de leurs habitations dévastées; et l'on sait qu'à la suite d'une
guerre ou d'une révolution, qui a pour cortége la
ruine et la désolation, il est presque impossible de
satisfaire à toutes les exigences d'une situation inat-
tendue. C'est pourquoi, Monsieur Desaix et sa
femme, pensèrent qu'il était sage de faire recons-
truire successivement, là où le glaive avait passé, et

de restreindre leur état de maison en précision d'un
avenir incertain.

Quant à Monsieur de Lussac, il était le plus
riche des trois propriétaires revenus de la terre
d'exil ; mais il fut frappé par un revers inattendu ;
revers qui était une des conséquences de la crise
sociale que la France avait subie. La fortune dont
le propre est l'inconstance, se joue des hommes !
il semble qu'elle veuille les tromper ; car le plus
souvent elle met sur leurs yeux, un bandeau qui
les fait agir aveuglément. Mais ici, Monsieur de
Lussac est une victime du passé : il avait placé
cinq-cent mille francs chez un capitaliste de Lyon
qui fut pillé et mis à mort lors de la résistance de
de cette héroïque cité ; et, ce n'est qu'à son retour
à la Roche, que Monsieur de Lussac apprit la perte
considérable qu'il avait faite. Aussi, a-t-on le droit
de dire avec le langage de la justice, que ce malheur
était immérité, puisque Monsieur de Lussac faisait
un noble usage des biens que la Providence lui
avait départis. Et, à l'exemple du Sully, le châtelain
de la Roche offrit ce qu'il y a de plus grand dans la
disgrâce ou l'infortune ; c'est-à-dire la dignité et le
courage.

Aussi, Monsieur de Lussac se contenta-t-il de
faire restaurer un petit corps de bâtiment séparé du
château par la cour d'honneur, jusqu'à ce que des

temps meilleurs lui permissent d'embrasser de plus vastes projets.

Si, comme l'a dit Sénèque : « Le malheur » nous fortifie, on retrouve en Edmond de Lussac, » un disciple de l'école stoïcienne. » — « Mon père, » dit-il, je m'oppose a ce qu'à la fin d'une carrière » éprouvée par les peines de l'exil et par des revers » de fortune, vous vous imposiez des privations :

» Souffrez, que je vous abandonne, à vous, qui » ne vous êtes jamais écarté des sentiers de la jus-» tice et de l'honneur, les deux-cent mille francs » dont je jouis depuis la mort de ma mère, » et que je parte pour Paris, car j'ai résolu de » prendre des leçons de peinture des grands maîtres, » afin d'acquérir du talent de manière à m'en faire » honneur. D'ailleurs, Dieu a créé l'homme pour le » travail, comme l'oiseau pour le vol !... Vous vien-» drez passer à Paris les hivers près de moi; et » à l'été, quand les peintres ferment leurs ateliers, » je reviendrai à la Roche, près de vous, et tâcherai » de reproduire la belle nature que nous offre l'Au-» vergne..... »

« Edmond, reprit Monsieur de Lussac; je suis » touché de la noblesse de tes sentiments, et dois » t'encourager à réaliser ton projet. — Sache, sur-» tout, que ce qui me console dans ce que je viens » d'entendre, c'est la certitude que tu mets en prati-

» que, les conseils de ta mère, et que tu n'as point
» oublié son souvenir...... »

Une épreuve non moins sensible frappait
la famille Périer. Elle essuya des pertes qui l'at-
teignirent d'autant plus, qu'elle avait une fortune
peu considérable. D'abord, elle trouva l'hôtel de
l'intendance dans un état déplorable. On y avait
installé une auberge, et à celui de la préfecture le
représentant que la Convention avait désigné pour
remplacer Monsieur Périer.

C'est pourquoi, au préalable, Amélie eut le
désir d'habiter une maison située à l'extrémité de
Clermont, afin d'avoir la jouissance d'un jardin dont
l'air dégagé du gaz azote, contribuât à fortifier la
santé de son fils. Tout entière à ses devoirs, la
femme d'Arthur Périer révéla ce que peut faire une
femme instruite *avec discernement*, si elle joint aux
ressources de l'intelligence, le savoir faire d'une
femme essentielle.

QUATRE-VINGT-QUINZE.

Avec la conquête de la Hollande par Pichegru, avec la prise de Belle-Garde, Dugommier forçait le passage des Pyrénées-Orientales ; et avec la conquête de Guipuscoa par Moncey, l'Espagne était menacée de tous les côtés. C'est pourquoi, elle s'entendit avec la Prusse pour demander la paix. Ces préliminaires amenèrent le traité de Bâle, (22 juillet 95).

La France y acquit les provinces prussiennes sur la rive gauche du Rhin, ainsi que la partie espagnole de Saint-Domingue. Pourtant, ce ne fut, qu'à la fin de l'année 1795, quand le Directoire eut remplacé la Convention, qu'Edmond de Lussac vint à Paris, afin de travailler sous la direction de maîtres habiles. Dans ce but, il fit choix de David le restaurateur de l'art de la peinture au xviii° siècle.

C'est à l'atelier de ce célèbre artiste qui fit revire le goût des beautés antiques, qu'Edmond de Lussac connut le baron Gros, à qui le Panthéon est redevable des quatre sujets qui le décorent, et que l'élève de David sut tirer des grandes époques de l'histoire.

Outre ces jeunes élèves, on remarquait encore à l'atelier de David, un Toulousain destiné à être le rénovateur au XIX° siècle de l'Ecole Idéaliste, Augustin Ingres. Quand à Edmond de Lussac qui s'était toujours appliqué à la correction du dessin, il révélait dans tous ses essais, un goût pur, délicat, de façon que le nouvel élève de David fit en peu de temps de si rapides progrès, qu'en 1798, il fut admis à l'académie de peinture pour son tableau : Moïse recevant la loi sur le Mont-Sinaï; composition dans laquelle on avait remarqué que l'artiste avait su allier à la grandeur du sujet, la richesse du style et la suavité du coloris. Ce succès causa une vive satisfaction à Monsieur de Lussac qui, dans sa solitude, essayait de réédifier sur les ruines de la révolution. De leur côté, Monsieur et Madame Desaix reprenaient leur situation normale, et mettaient en pratique la science de Sully :

« L'économie et l'ordre, disait ce grand homme, » sont la source de la richesse. » Et, c'est au moyen de ces deux éléments que les propriétaires de Saint-

Hilaire jouirent peu à peu, du bien-être, et par la suite, d'une existence large, confortable qu'ils ennoblissaient par des actes de bienfaisance.

***

VOYAGE A VALETTE.

A l'automne, Valérie et son fils firent le voyage de Valette, et revirent avec une joie mêlée d'amertume, le modeste héritage que le comte de Grasse avait légué à Joseph Desaix. Pour les personnes qui ont le culte du souvenir, tout a un langage; et, par l'impression du même sentiment, tout est pénible, lorsqu'on se retrouve dans des lieux où la mort et le glaive ont passé.

A Valette, il y avait de même qu'à Saint-Hilaire beaucoup de désordre à effacer pour rétablir une culture négligée en dépit d'un ciel propice; mais Madame Desaix mit tous ses soins pour remettre chaque chose dans son état primitif, afin que cette terre, berceau de son enfance, eût l'aspect florissant dont elle avait joui jusqu'en 93.

On touchait à l'hiver quand Madame Desaix et son fils revinrent à Saint-Hilaire, et ils eurent l'agréable surprise de trouver le salon restauré dans le style qui le faisait remarquer avant l'émigration.

Joseph entrait alors dans sa quinzième année, et son père, désirant qu'il finit ses études avant de choisir une carrière, le mit au collège de Clermont pour y faire sa rhétorique ; de sorte que Blanche fut l'objet de la sollicitude paternelle, aussi bien que de la tendresse de sa mère.

CHARLES DESAIX PROMU GÉNÉRAL.

Tout en administrant avec succès la terre de famille aux soins de laquelle, Monsieur Desaix suppléait son neveu, il n'en exerçait pas moins une vigilance éclairée sur l'éducation de son pupille. Chaque année, il l'intéressait aux dépenses et au produit de Saint-Hilaire, jusqu'au moment où il crut devoir lui rendre ses comptes de tutelle.

Lorsque l'époque de la majorité de Charles approcha, Monsieur Desaix écrivit à son neveu en ces termes :

« Fais en sorte, d'obtenir un congé de quelques
» jours, afin de venir près de nous passer quelques
» jours, car ta tante et moi désirons vivement te
» voir ; un peu de repos est nécessaire à ceux qui
» ont une vie laborieuse, enfin, il me tarde, mon
» ami, de te remettre en possession de l'héritage de
» ton père, héritage qu'il avait confié à ma surveil-
» lance, jusqu'à ce que tu eusses atteint l'âge d'en
» jouir. »

A bientôt Charles.

Ton oncle dévoué,

R. DESAIX.

24 décembre 1793.

Lorsque Charles Desaix reçut cette lettre, il était à Rastadt, où quelques jours auparavant, il avait contraint le prince Charles à la retraite ; en même temps, il en recevait une de Carnot qui le nommait général de division, avec le commandement de l'armée du Rhin et l'ordre de s'y trouver le 5 janvier 96. C'est pourquoi, Charles ne fit qu'une visite à Saint-Hilaire ; si elle fut de courte durée, elle n'en causa pas moins une grande joie de famille. — Le 4 janvier, il était à son poste ; c'est-à-dire au fort de Kehl dont les Autrichiens voulaient s'emparer. On sait que les attaques multipliées des ennemis ne déconcertèrent point ce jeune général qui abandonna la place, quand elle offrit seulement à ses regards, un monceau de ruines, et après avoir imposé aux Autrichiens des conditions onéreuses.

Dès lors, Desaix vola de victoire en victoire ; et en 97, Bonaparte, à qui le Directoire avait confié l'expédition d'Italie, chargea ce jeune général dont il avait apprécié les talents militaires, du soin de reconnaître les positions où les Français se sont immortalisés.

Cette même année, Edmond de Lussac, qui avait obtenu le prix de Rome, pour son tableau Philippa aux genoux d'Edouard III, le suppliant de faire grâce aux Calaisiens, partait pour Rome avec le peintre Regnaud qui avait vu couronner sa composition : Alexandre et Diogène.

A la vue des chefs-d'œuvre que renferme la capitale du monde chrétien, Edmond de Lussac éprouva un sentiment de vive admiration, et fit l'aveu d'avoir beaucoup à travailler pour atteindre un certain degré de perfection.

L'intérieur de la famille Périer offrait un tableau non moins touchant que celui des habitants de Saint-Hilaire, car des deux côtés, on donnait l'exemple des vertus cachées. Amélie voyait son fils grandir avec orgueil ; et elle eût trouvé assurément pour les femmes dont la légèreté de l'esprit ou la vanité a faussé le jugement, la réponse si connue

que la mère des Gracques fit en parlant de ses enfants, à une dame de haute naissance.

Messieurs Périer commencèrent à reprendre leur
vie normale ; au reste, ils étaient convaincus que le
Directoire n'était qu'un gouvernement de transition ;
qu'une main sûre en prendait les rênes, qu'elle s'ap-
pliquerait à faire justice du passé, et à rétablir le
culte catholique. Mais cette révolution sociale et
politique ne pouvait s'opérer que par l'épée et par
la conquête des lauriers enlevés sur le champ
d'honneur. Personne n'ignore la glorieuse campagne d'Italie en 96, celle 97 ou pour mieux dire
Arcole et Rivoli ; ainsi que la mort héroïque de Mar-
ceau et de Hoche ; enfin le traité de Campo-Fornio
qui cédait à la France, le nord de l'Italie érigé en
république Césalpine ainsi que la Belgique.

Voilà comment Bonaparte mérita du Directoire
et de la population, une réception triomphale qui,
néanmoins, ne le leurrait pas sur la situation
instable du gouvernement dont le désordre extrê-
me, avait amené une crise financière effrayante.
Aussi cette anarchie fit-elle surgir plus d'un complot
contre les représentants de l'état ; complots que
Bonaparte sut déjouer jusqu'à ce qu'il eût complété
ses succès en Italie, par la célèbre expédition
d'Egypte, où Kléber et Desaix se sont immortalisés :
L'un en montant à l'assaut devant Alexandrie dont
il devint gouverneur, et en prenant une part glo-

rieuse à la bataille d'Aboukir ; l'autre par un traité qui lui permit de repousser les Arabes et les Mamouks campés de manière à fermer le passage aux Français.

Par ce succès, Desaix reçut de Bonaparte l'honneur d'être le gouverneur de la Haute-Egypte. A ce poste de confiance, il triompha de difficultés insurmontables et de tout genre; car Mouraod-Bey fut réduit à l'impuissance de l'action. C'est pourquoi, Bonaparte, en s'embarquant pour la France, laissa à Desaix, une autorité absolue sur la Haute-Egypte ; mais cette autorité fut toute paternelle ; car l'héritier des vertus du château de Saint-Hilaire, fit bénir son nom par la sagesse de son administration aussi bien que par ses sentiments d'humanité. Au reste, Desaix devint si cher aux Mamouks et aux Arabes, qu'ils lui donnèrent l'épithète de Sultan-Juste. A cette marque de respect, Desaix sut ajouter l'épithète de protecteur des arts ; car il fut heureux de découvrir les merveilles d'une contrée, d'où sont venues les lois civilisatrices qui ont éclairé et policé les nations de l'antiquité.

Tandis que le général Desaix acquérait en Egypte une renommée brillante et irréprochable, Napoléon débarquait à Fréjus, (8 octobre 1799) et préparait la chute du Directoire par un grand coup qui eut son exécution (le 18 brumaire). Le vainqueur des pyramides contraignit le conseil des anciens à conférer à trois consuls provisoires le pouvoir exécutif. — Telle est l'origine du Consulat qui, avec le xix⁰ siècle, commence cette longue chaîne de prospérités et de gloire ternie par des fautes et des revers lamentables.

A son début, le Consulat fit des actes de justice qui affermirent le pouvoir de Bonaparte. Il décréta qu'on rendît la liberté à tout émigré rentré en France ; que la liste de l'émigration fût fermée ; et que les ci-devant nobles seraient admissibles aux emplois publics. De plus, le 1ᵉʳ consul garantit les propriétés aux acquéreurs de biens nationaux, et proclama la liberté des cultes. A cet effet, Bonaparte fit rouvrir les églises, et rétablit le culte catholique dans toute sa splendeur. Tels sont les actes qui se sont accomplis, pour affermir le respect de l'autorité, l'ordre et la justice après lesquels la France soupirait depuis tant d'années. Ces changements dans le gouvernement, devinrent la source de nouvelles mesures pour l'administration intérieure : Ainsi, on créa les préfectures sur le modèle des intendances de l'empire romain, et l'on choisit pour les administrer, des fonctionnaires qui furent investis d'une autorité exécutive, bien qu'ils relevassent du ministre de l'intérieur. Cette réorganisation départementale fut pour la France l'objet d'heureux résultats ; et, pour l'intérêt de notre histoire, elle eut pour Monsieur Périer, l'avantage de le réintégrer dans la préfecture de Clermont, et de faire de son fils le préfet de Limoges.

Voilà l'un des effets de la sanction sociale ;
l'estime, la considération, les honneurs qui sont,
ainsi dire, venus trouver Messieurs Périer afin de
les tirer de leur retraite et de les relever de l'injustice qui les avait abaissés.

SÉPARATION DE LA FAMILLE PÉRIER.

La réhabilitation des deux honorables magistrats
causa une vive satisfaction dans tout le pays, Madame et Monsieur Desaix s'empressèrent de venir
les féliciter, et de leur témoigner des marques
de sympathie auxquelles ils furent très sensibles.

« J'aime à penser, dit Monsieur Périer à ses ai-
» mables visiteurs : que vous ne m'abandonnerez
» pas dans mon isolement, et que j'aurai le plaisir
» de vous recevoir plus souvent que jamais. Me
» séparer de mes enfants m'est très pénible ! Et,
» j'avoue que c'est en vue de l'avenir de mon petit-
» fils, que je prends la responsabilité d'une tâche

» laborieuse et épineuse. — Vous avez comme moi
» l'expérience qu'il est impossible de plaire à tous,
» de ménager les intérêts de chacun, si l'on veut
» se conformer aux instructions qui sont données
» par l'autorité supérieure :

» Je partage vos impressions, reprit Monsieur
» Desaix ; j'admire votre dévouement. — Aussi,
» croyez que ma femme et moi viendrons vous
» voir le plus souvent qu'il nous sera possible.
» — Quant à Arthur, nous ne pouvons lui faire la
» même promesse ; Limoges est trop loin d'Ayat. —
» Au contraire, continua l'interlocuteur, nous vous
» engageons à venir à Saint-Hilaire, vous délasser
» des soucis d'une vie laborieuse, en participant à
» la quiétude de notre vie patriarchale. — Certai-
» nement, Monsieur répondit Amélie, ce sera pour
» nous, un repos d'esprit, et une satisfaction mo-
» rale. »

Après cet entretien dont l'abandon avait fait le
charme, Valérie et son mari firent leurs adieux à la
famille Périer, en disant : Au revoir !

MARENGO.

Tandis que le préfet de Clermont et celui de
Limoges prena'ent possession de leur fonction res-
pective, Bonaparte se montrait un administrateur
consommé : Il étouffe la guerre civile, épure l'armée qui renfermait beaucoup de républicains, élar-
git les prêtres détenus pour n'avoir pas prêté le
serment civique, crée la Banque de France, et dé-
clare la guerre à l'Allemagne ainsi qu'à l'Angleterre, bien qu'il eût écrit à ces deux nations une
lettre qui portait le cachet de l'habileté et de la
dignité. Mais on sait que Pitt, qui dirigeait le cabinet anglais, avait conçu pour la France une haine
aussi implacable que celle d'Annibal pour Rome ;
de façon que ce ministre détermina Georges III à
rompre la paix dans le but de reprendre Malte à
la France. Quant à l'Autriche, elle voulait garder
l'Italie. Or, ces manifestations hostiles décidèrent

Source du Bonheur.   12

le 1ᵉʳ Consul à remettre le commandement de l'armée d'Allemagne à Moreau, et celle d'Italie à Masséna auquel on adjoignit le général Desaix.

Avec le front ceint de lauriers, avec l'esprit orné de connaissances aussi vastes que profondes, Desaix s'embarqua pour la France, après avoir eu la gloire de signer une convention avec les Turcs et les Anglais. C'est après avoir conclu cette transaction que Desaix écrivit à Bonaparte : « Un jour sans servir » la patrie est un jour perdu pour moi ! »

Des Tuileries, le chef de l'Etat s'empressa de rappeler ce général, tandis qu'il traçait le plan de la campagne et qu'il indiquait les lieux où l'on devait livrer bataille à Mélas, général autrichien : C'étaient San-Guiliano et Marengo. Rentré en France, Desaix reçut le commandement de deux divisions, et partit pour l'Italie où Masséna et Joubert faisaient des prodiges de valeur. A Marengo s'engagea une lutte terrible; lutte acharnée qui rappelait le combat de Leuctres ou celui de Coronée. Trois batailles dont le choc fut terrible, se succédèrent avec des résultats différents ! La première fut perdue par Lannes et Victor inférieurs en nombre à l'armée ennemie qui écrasa les Français pliant sous la mitraille de deux cents bouches à feu, les vaincus étaient près d'abandonner le village de Marengo, quand Bonaparte arrive avec sa garde consulaire dont il fait un carré. Pourtant, ces grenadiers d'élite reculent

devant Mélas qui, croyant avoir gagné cette seconde bataille, annonce dans tout son camp, qu'il
tient la victoire. — Mais, la victoire ressemble à
la fortune; elle n'est pas stable, et tient à si peu
de chose, que le troisième combat livré à Marengo
en est un exemple irrécusable.

Desaix qui à Novi avait entendu la canonnade,
arrive avec sa division; et aussitôt après, Bonaparte
donne l'ordre de commencer à trois heures, la troisième lutte.

A la tête de 6,000 hommes, Desaix s'élance sur
le front de la colonne autrichienne, et c'est pour
être, à l'imitation de Judas Machabée, enseveli dans
son triomphe.

De même qu'à la mort du héros de la nation
Juive, Jérusalem, suivant l'expression de Fléchier,
versa un torrent de pleurs; de même le champ de
Marengo fut un cri de douleur et de consternation.
Sans doute, qu'à l'envi, les honneurs les plus distingués ont été rendus à Charles-Antoine Desaix;
car au courage de Gustave-Adolphe, il joignait les
vertus de Fabert, mais il faut néanmoins reconnaître que les éloges accordés à ceux qui ont mérité de
la patrie, les monuments que la reconnaissance nationale leur élève, sont une légère compensation à
la profonde douleur d'une famille inconsolable de la
perte de celui qui en était l'espérance et l'orgueil.

LES OBSÈQUES D'UN GÉNÉRAL.

Le 1ᵉʳ Consul prit sur lui le soin d'annoncer à Saint-Hilaire, la perte irréparable que venait de faire l'armée française ; perte cruelle à tous les cœurs sensibles aux affections nobles, et au sentiment patriotique, Monsieur Desaix et sa femme pleurèrent leur neveu, comme ils eussent pleuré leur enfant ; et aussitôt après la réception de la triste nouvelle, le père et le fils prirent place dans un char funèbre avec l'espoir de ramener à Saint-Hilaire, la dépouille mortelle du vainqueur de Marengo. Mais quelle que fut la célérité du conducteur, il fallut pour faire la route de l'Auvergne au Piémont, cinq jours entiers ; et sans la prévoyance du 1ᵉʳ Consul, Monsieur Desaix eût été privé de la consolation de conduire à sa dernière demeure, le fils dont son frère lui avait confié l'éducation et la vie. Mais Bonaparte avait fait embaumer le corps du général qui fut d'après ses ordres porté à l'hospice du mont Saint-Bernard, et entouré des honneurs militaires les plus distingués, Mort au champ d'honneur ! répétait-on avec respect, lorsque le cortége suspendait sa marche : Desaix n'est plus !... mais sa mémoire survivra. Outre le tombeau qui lui est érigé sous le toit protecteur de Bernard de Menthon, l'armée a élevé à la mémoire de ce grand homme, un monument en face du fort de Kehl.

L'absence de Monsieur Desaix et de son fils parut très longue à sa femme. Bien que les visites de condoléance se succédassent, elle ne reçut personne, se renferma avec sa petite Blanche qui déjà comprenait, que la vie peut-être comparée à un ruisseau dont le cours sans cesse troublé par l'orage, permet à peine au pélerin de s'y désaltérer.

Valérie élevait sa fille sérieusement sans toutefois, vouloir cueillir avant leur maturité les fruits de la sagesse dont elle lui donnait l'exemple. Tous les jours, Blanche disait à sa mère. « Maman, » allons au-devant de papa et de Joseph, je vou- » drais bien les voir ! Et Madame Desaix répondait » à sa fille, » « mon enfant, je partage ton impa- » tience, mais il faut savoir attendre ; en ce monde, » on n'a pas toujours l'objet de ses désirs, — sois » tranquille, une lettre annoncera bientôt leur retour. » — Le 28 juin, une missive apporta la nouvelle souhaitée ardemment ; dès ce moment, Blanche reprit sa gaîté, et fit tous ses efforts pour que sa mère eût le même entrain. « Console toi, cher » amour, lui dit Madame Desaix ; après-demain » nous irons à Riom chercher ton papa et ton » frère ; en les attendant, tu vas travailler un peu » plus pour mériter un congé de deux jours. — » Certainement, reprit Blanche en embrassant sa » mère ; et aussitôt, elle se mit à étudier la » deuxième guerre Punique avec la carte de la » République Romaine. »

Le jour attendu avec impatience par la mère et l'enfant étant arrivé, Madame Desaix et Blanche montèrent en voiture à midi. Conduites par un cocher à livrée noire et très sûr, elles eurent en peu de temps franchi l'espace qui les sépare de Riom. Descendues à l'hôtel où s'arrêtait la poste, elles allèrent en se promenant du côté d'où venait la voiture. A quatre heures, on entendit les pas précipités de quatre chevaux avec les cris de : gare ! gare ! — C'était effectivement la diligence qui ramenait Monsieur Desaix et son fils. — Dès que Blanche les aperçut, elle courut se jeter dans leurs bras avec une expression de bonheur indi-cible, tandis que sa mère émue, leur serrait les mains affectueusement sans proférer une parole.

Partons, Valérie, dit Monsieur Desaix, nous avons hâte, Joseph et moi, de retourner à Saint-Hilaire. Louis, (c'est le nom du cocher) est prêt. Papa, répondit Blanche partons. — Madame Desaix prit le bras de son mari, et son fils, la main de sa sœur pour aller prendre leur voiture, et malgré l'activité du cocher, on n'arriva au château qu'à 7 heures du soir.

Le lecteur pressent que la satisfaction de se retrouver au milieu des siens reconforta le cœur désolé de Monsieur Desaix, sans toutefois détourner sa pensée du triste spectacle auquel il avait assisté. Parler de Charles Desaix, de son neveu, fut le sujet de sa conversation pendant les premiers jours de son retour à Saint-Hilaire. Le portrait du jeune héros fut placé dans le salon, et toutes les choses dont il s'était servi durant sa glorieuse carrière, furent religieusement conservées. Le 14 juillet, une messe de *Requiem* fut célébrée à Ayat ; et à défaut d'une musique appropriée à la circonstance, telle que Lulli sut le faire pour les obsèques du chancelier Séguier, une affluence considérable vint avec la sincérité du cœur, prier pour le repos de l'âme du Turenne de l'Auvergne.

Voilà une cruelle épreuve pour les habitants de Saint-Hilaire ; voilà comment Dieu envoie à l'homme des afflictions souvent non méritées ; mais nous nous empressons d'ajouter, que si le pèlerin d'ici-bas a des chagrins inattendus, Dieu dans sa bonté, mêle à ses regrets, les délices du cœur ; et, ce sont précisément à ces pures délices, que Robert

Desaix et Valérie puisèrent cet amour qui rend l'âme fertile en vertus sublimes.

Nous abandonnons ces époux modèles s'élever au-dessus d'eux mêmes, pour nous arrêter à la Roche, et y voir un vieillard qui se prépare à fêter le retour de son fils; retour qui combla les vœux de Monsieur de Lussac, et se réalisa le 24 juin.

CONFIDENCE D'UN FILS A UN PÈRE.

Edmond de Lussac avait donc passé trois années en Italie ; « années, dit-il qui ne s'effaceront » jamais de mon souvenir. Partout, j'ai remarqué, » ajoutait-il, que les arts ont de la grandeur, et » que l'imagination ainsi que l'invention révèle le » génie. J'ai visité Rome, Naples, Florence ; et, » bien que chacune de ces villes ait un aspect dif- » férent, chacune d'elles encore laisse une impres- » sion ineffaçable. En tout lieu, j'ai fait observer » à ceux qui me servaient de cicérone, que les » Italiens honorent les talents, et qu'ils mettent

» tant d'âme dans leurs Beaux-Arts, qu'un jour
» leur caractère égalera leur génie. — Je remarque
» Edmond, que tu parles avec passion de la patrie
» de Galilée, de Pétrarque, de Léon X.....

» Mais tu ne vois chez les Italiens que l'amour
» de la gloire. Vous avez peut-être raison, mon père,
» mais, j'ai vu de si belles choses, et des femmes
» si séduisantes, que je veux vous faire une con-
» fidence. C'est que j'ai promis ma main à une
» Romaine qui, aux mœurs sévères de Lucrèce,
» joint les grâces de Laure de Noves. — Elle ap-
» partient à la famille des Ganganelli qui s'honore
» d'avoir donné au Saint-Siège, Clément XIV dont
» le Pontificat rehausse l'église et la religion, —
» cette jeune fille dont je suis épris a peu de for-
» tune, mon père.

» A quoi penses-tu Edmond? Epouser une étran-
» gère, tandis que tu peux faire un choix dans un
» milieu qui exciterait ta sympathie ! — N'ai-je
» pas, mon père, un talent qui me permettra de
» donner à ma femme, une existence honorable ?
» Raphaël, Rubens, Horace Vernet, n'ont-ils pas
» grandi aux yeux de la postérité, en dotant la
» peinture des caractères divers de leur génie ?
» C'est vrai, mon fils; mais songes-tu aux vicis-
» situdes de la carrière artistique et aux tribulations
» qu'elle porte avec soi? L'envie, la jalousie, la
» persécution oblige quelquefois un artiste à mou-

» rir sur la terre d'exil ; tu sais que le Poussin en
» est un témoignage, lui et bien d'autres peintres
» de talent ! — Ce que vous me faites observer,
» mon père, est sensé, je l'admets ; c'est pourquoi,
» j'accepte sciemment toutes les épreuves de ma
» carrière ; au reste il y en a partout ; mais quand
» le poids des peines est allégé par ce penchant de
» l'âme venu du ciel pour retourner au ciel, tout
» s'aplanit, tout s'élève. Laissez-moi être l'inter-
» prète de Walter-Scott qui a dit : »

« Pendant la paix, l'amour fait résonner la flûte du berger ;
» Pendant la guerre, il recrute le coursier du guerrier ;
» Dans les hameaux, il danse sur la pelouse ;
» Dans les salons, il revêt un brillant costume ;
» L'amour gouverne le camp, la cour, le bosquet ;
› Tous les hommes ici-bas, tous les saints là haut ;
» Car l'amour c'est le ciel ; le ciel, c'est l'amour. »

« Mon fils, reprit Monsieur de Lussac, je ne
» puis t'empêcher de suivre ton inclination ; mais
» je te refuse mon consentement, cependant je te
» rends les 200 mille francs que t'a laissés ta mère.
» Vous me faites beaucoup de peine, continua
» Edmond, vivement impressionné ; vous me ren-
» dez malheureux, car votre refus me poursuivra
» toute ma vie. » Après ces dernières paroles
Edmond se leva, tendit la main à son père en
disant : Au revoir ! assurément que vous revien-
drez de votre erreur et plus tôt que vous ne le
pensez. — Le lendemain, Edmond de Lussac reprenait la route de l'Italie

Trois mois après , à l'église Saint-Pierre-des-Liens un chanoine à l'air vénérable, bénissait l'union d'Alice Ganganelli avec Edmond de Lussac, et entourés d'une assistance d'élite. — Mais comme toujours, le bonheur des deux époux n'était pas parfait : Sur la terre, il ressemble à une fleur qui s'entr'ouvre aux regards de l'homme ; mais dont la corolle brillante ne s'épanouira pour lui que dans l'éternité.

Ces dissentiments entre Monsieur de Lussac et son fils avaient attristé les voisins de la Roche. — Monsieur et Madame Desaix y faisaient de fréquentes visites; et ils étaient accueillis avec l'urbanité que les Latins étaient si empressés d'accorder. — Tous remarquaient que Monsieur de Lussac était triste, pensif, et tous aussi cherchaient à lui être agréables.

La veille de son mariage, Edmond avait écrit à son père, une lettre aussi respectueuse qu'affectueuse. Ce fut pour le jeune artiste un acte qui, en satisfaisant sa conscience, semblait mettre à l'abri son bonheur futur.

Cette missive toucha le cœur de Monsieur de Lussac; tantôt il se reprochait d'avoir laissé partir son fils avec une parole de réprobation ; tantôt il regrettait d'avoir accepté de lui sa part de mère, puisque c'est après en avoir fait l'abandon, qu'Edmond avait résolu de se consacrer à l'étude des Beaux-Arts. Monsieur de Lussac éprouvait donc du découragement, car, quand on souffre, on se persuade aisément que l'on est coupable, et les violents chagrins portent le trouble jusque dans la conscience.

Aussi la présence d'un jeune homme impressionnait-elle vivement ce vieillard attristé, Valérie Desaix et son mari s'en étaient aperçus, lorsqu'ils se faisaient accompagner de leur fils qui entrait dans sa vingt-deuxième année.

FRANÇOIS-JOSEPH DESAIX, DÉCOUVRE UN AMI.

Le petit-fils du comte de Grasse avait terminé à Paris brillamment ses études, en suivant des cours d'humanités, et par des examens sur les sciences où il s'était distingué. Bien qu'il eût toujours la ferme résolution d'entrer dans la marine, il n'avait osé depuis la mort de son cousin, parler à sa famille du désir d'embrasser une carrière où la vie est exposée. Ennemi de l'oisiveté, il chercha à se créer une position honorable, de manière à ne pas déroger de celle dont avait toujours joui ses ancêtres. Ayant appris que le 1ᵉʳ Consul venait d'établir la banque de France, Joseph prit le parti d'entrer dans les finances, avec l'espoir de rendre par la suite service au pays, et d'améliorer le sort des classes que la Providence a deshéritées des biens de ce monde.

Monsieur et Madame Desaix agréèrent le projet de leur fils qui, avant de commencer son stage, leur demanda la permission de faire un voyage qu'il envisageait comme un complément d'éducation. « Rien ne s'y oppose, mon enfant, dit Monsieur » Desaix, je trouve ton appréciation très judicieuse. » Cependant, je désire que tu ne partes pas seul, » d'ailleurs un voyage long et intéressant a plus » d'attraits avec des amis. — Papa, reprit Joseph, » si Roger de Montcalm, l'un de mes meilleurs con- » disciples de collège, veut se joindre à moi, y con- » sentirez-vous ? Certainement, — quelle partie de » l'Europe visiteras-tu ? L'Allemagne, la Suisse, et » nous entrerons en Italie par le Tyrol dont les » sites sont ravissants. — Ecris à ton ami, Joseph ; » j'accède à ta demande. »

Le lendemain de cet aimable entretien, Joseph adressa une lettre à son ami qui était en ce moment au château de Caudiac (près Nîmes); Roger de Montcalm était le petit-fils du général qui mourut en héros devant Québec, en 1759.

Roger trouva le projet très séduisant; il avait vingt ans! et à cet âge, on n'aspire qu'à voir, qu'à connaître, afin de faire en quelque sorte, un recueil de souvenirs qui, dans l'âge mûr, se ravivent pour servir d'auxiliaires à la pourvoyeuse de l'intelligence. — Cependant Monsieur de Montcalm ne voulut pas céder au désir de son fils, sans s'être concerté avec Monsieur Desaix; et celui-ci, persuadé que Joseph profiterait des avantages qui se lient aux voyages considérés comme les sources de l'histoire, encouragea le père de Roger à donner son consentement. —. D'abord, Monsieur de Montcalm hésita, sachant que la jeunesse manque d'expérience, et qu'elle peut se perdre par l'abus des plaisirs. Il pressentait encore, qu'à l'âge de son fils et de Joseph, on ignore l'art de connaître le plaisir et celui d'en jouir. — Toutefois, il réfléchit, et reçut sur l'éducation du fils de Monsieur Desaix, des renseignements si conformes à ses vues, qu'il accueillit avec empressement la proposition qui venait de lui être faite.

Désormais à Caudiac et à Saint-Hilaire, on ne parle plus que du départ des deux amis; départ qui fut fixé au 25 août.

Attendu qu'il avait été décidé que Joseph irait prendre son ami afin de s'embarquer à Marseille où de prendre la route de la Suisse s'ils le préféraient, ce fut à Saint-Hilaire que furent versées les pre-

mières larmes des adieux. — Mais au préalable,
Joseph accompagna sa mère dans les visites qu'elle
faisait à la Roche.

Un jour entre autres, Madame Desaix et Joseph
s'aperçurent que Monsieur de Lussac était moins
triste, son accueil plus cordial. Ah ! c'est que deux
jours avant, il avait reçu la visite de Monsieur Desaix qui l'avait initié au voyage d'Italie que son fils
était près de mettre à exécution , et que sur ce
mot d'Italie, le solitaire de la Roche avait été vivement impressionné — « J'y ai mes enfants , se
» dit-il, si je faisais le voyage avec mon jeune
» voisin, peut-être ma santé altérée y gagnerait-
» elle quelque chose ? la distraction, la vue de
» sites nouveaux, la société, tout cela prétendent
» les médecins, est un remède aux fatigues de
» l'esprit, aux tristes pensées qui troublent l'âme,
» — décidément, je vais partir avec Joseph De-
» saix. » — Aussitôt après ces réflexions, Monsieur
de Lussac écrivit à Monsieur Desaix, lui fit part
de son projet, et le pria de solliciter de son fils, la
bienveillance de l'admettre comme tiers entre son
ami et lui. Monsieur Desaix répondit immédiatement
à Monsieur de Lussac, une lettre des plus affectueuse, en lui exprimant qu'il considérait la grande
décision qu'il prenait, comme un effet de la
Providence ; car ajoutait-il, la jeunesse a besoin
d'être surveillée et dirigée.

DÉPART POUR L'ITALIE.

Le 25 août, Monsieur de Lussac et Joseph Desaix, quittèrent l'Auvergne, prirent la poste qui d'Aurillac conduit à Mende où ils se reposèrent un jour entier; et de là, ils prirent place dans une diligence qui s'arrête à Nimes. Joseph insista pour s'y arrêter, car s'il était désireux de visiter les monuments romains que renferme cette ville déchue, il était surtout empressé de ménager les forces du vieillard de la Roche.

Le 31 août, nos voyageurs furent introduits au château de Caudiac où on les attendait avec l'anxiété qu'on éprouve, lorsqu'on est dans l'attente d'un événement quelconque.

Monsieur de Montcalm avait une noble figure, et un esprit supérieur, auquel un aimable naturel donnait un charme irrésistible. Doué d'un cœur ouvert, d'une âme généreuse, il ne savait comment exprimer à Monsieur de Lussac et à Joseph, combien il était heureux de leur confier son cher Roger destiné à la diplomatie.

Attendu qu'il est toujours prudent de tout concilier, nos jeunes touristes qui, (ainsi que nous l'avons dit), devaient visiter l'Italie en dernier, changèrent leur plan. « Pour épargner à Monsieur de Lussac
» le plus de fatigue possible, dit Joseph à Roger ;
» il faut nous embarquer pour Rome ; là, sont le
» terme et le but du voyage de notre respectable
» compagnon ; car, s'il n'y avait pas son fils, il est
» bien certain qu'il n'eût pas quitté son agréable
» habitation. » « Aussitôt après notre arrivée à
» Rome nous le laisserons, en nous réservant
» toutefois l'engagement de venir le rejoindre quand
» nous aurons fixé l'époque de notre retour en
» France. — Très bien Joseph, reprit Roger ; d'ail-
» leurs je t'accorde le droit de diriger notre voyage ;
» car, j'ai en toi une pleine confiance. » Cette résolution prise, Joseph et Roger préparèrent leur familles respectives aux émotions pénibles d'une séparation prochaine. Ainsi, il fut convenu que Roger partira de Caudiac, pour prendre la route de Marseille, et qu'il y attendra Monsieur de Lussac, lui et son jeune ami.

De son côté, Joseph fit prévenir le Nestor de l'Auvergne qu'il se mettait à sa disposition, et qu'il se trouvera à Clermont le 1ᵉʳ septembre.

Dès que Monsieur de Lussac reçut cet avertissement, on s'aperçut de l'impression défavorable qu'il ressentait.

« Quitter à mon âge son chez-soi se disait-il,
» c'est de l'imprudence, même de la témérité ! —
» Pourquoi ne suivrais-je pas l'exemple du père
» de l'enfant prodigue qui, comptant sur la miséri-
» corde divine, attendit le retour de son fils ? Pour-
» quoi m'exposer aux dangers d'une traversée
» pour surprendre Edmond qui a rejeté mes con-
» seils ? vraiment, je suis déraisonnable. » Telles
étaient les réflexions qui agitaient Monsieur de
Lussac la veille de quitter la Roche si cher à ses
souvenirs. « Louis, dit-il, à son domestique : pré-
» parez mes malles, et tenez-vous prêt de façon
» à m'accompagner dans mon voyage d'Italie. C'est
» demain à midi, que nous devons nous trouver
» à Clermont, car, Monsieur Joseph Desaix y sera »
Louis s'empressa d'obéir à son maître ; Or, le lendemain, à l'heure indiquée, Monsieur de Lussac
quittait le château de la Roche et se faisait conduire à Clermont. Comme il traversait la rue Delille,
il aperçut Joseph Desaix qui venait à sa rencontrer
pour le prier à descendre de voiture à l'hôtel où
relayait la poste.

Une heure après, Monsieur de Lussac et son jeune
ami prenait place dans la diligence qui faisait le
service du midi.

Le 3, nos voyageurs arrivés à Marseille, se firent conduire à la place de l'Arsenal que Roger de Montcalm avait désignée pour point de jonction. Là, ayant appris qu'un vaisseau était près de faire voile sur l'Italie, ils se firent présenter au capitaine qui s'empressa d'inscrire leurs noms sur la liste des passagers commis à sa garde; et le 4, sous l'influence d'un doux zéphyr, le bâtiment s'éloigna de la patrie de Puget.

LA TRAVERSÉE.

De Marseille, le vaisseau relâcha à Nice, située à l'embouchure du Var. Là, on jouit d'un printemps éternel, et l'on y trouve des plaisirs susceptibles de satisfaire ceux qui cherchent à s'étourdir dans le tourbillon des foules, plutôt que de goûter les charmes de la vie.

Le soir, nos voyageurs prirent place sur un bâtiment dirigé par un habile pilote, qui fit traverser à ses passagers, rapidement la mer Tyrrhénienne, au milieu de laquelle se trouvent la Corse, la Sardaigne et la Sicile.

On s'arrêta d'abord à Orbitello, port excellent et qui dépend de la Toscane. Ici, la mer se montra moins favorable qu'elle ne l'avait été jusqu'alors ; et, Monsieur de Lussac ayant manifesté le désir d'attendre que le calme eût reparu, fut approuvé de ses jeunes compagnons. Ils passèrent la nuit à Orbitello; mais le lendemain, le vaisseau où étaient montés nos touristes, longea la côte occidentale de l'ancien Latium, et débarqua à Civitta-Vecchia. Cette ville, qui a le meilleur port des états du Saint-Siège, possède une vieille muraille dont la hauteur est de 500 pieds (ou 166 mètres) au-dessus de l'eau. — En suivant la côte, le bâtiment mouilla à l'embouchure du Tibre, dans le port d'Ostie. De là, Monsieur de Lussac et les deux jeunes amis aperçurent Rome, enceinte de sept collines, et qui se déroule à tous les regards, avec les ruines de l'antiquité, relevés par les chefs-d'œuvre de la renaissance italienne.

Entrés dans Rome, Joseph et Roger eurent la délicate attention de ne pas désigner l'hôtel où ils avaient résolu de descendre, sans demander à Monsieur de Lussac, celui qu'il avait choisi. « Nous ne » vous quitterons point, dirent Joseph et Roger, » que nous ne vous ayons remis en des mains » sûres. — Je vous en suis bien reconnaissant, » répondit le vieillard ; je veux habiter le quartier » de l'ambassadeur français. — Très bien, Mon-

» sieur. » — Peu de temps après ce colloque,
une voiture emmenait à l'hôtel Duphot Monsieur
de Lussac ainsi que les deux nouveaux Oreste
et Pylade. « Restons ici, dit Joseph à Roger ; au
» moins, nous aurons près de nous une surveillance
» toute paternelle. »

UNE SCÈNE ATTENDRISSANTE.

Le lendemain de son installation à l'hôtel Duphot,
Monsieur de Lussac n'eut rien de plus pressé que
de se faire conduire à la demeure de son fils, qui
habitait la rue Michel-Ange, numéro 18.

Une heure sonnait à l'église Saint-Paul, quand
Monsieur de Lussac se présenta chez son fils. Introduit par un concierge, il traversa une cour plantée
d'arbres, ensuite un vestibule orné de tableaux
qui représentaient des aquarelles et des peintures
à l'huile. Quand le concierge eut tiré le cordon
d'une sonnette, un domestique italien apparut. Après
s'être informé si l'artiste français qui s'était acquis
de la réputation, était chez lui, Monsieur de Lussac
exprima le désir pressant de lui être présenté.
« Volontiers, Monsieur, répondit le domesti-

» que : mon maître est dans son atelier, et Ma-
» dame avec lui. — Entrez au salon ; je vais
» avertir Monsieur Edmond de Lussac. » Dès qu'il
sut que quelqu'un le mandait, ce dernier quitta
instantanément palettes et pinceaux, prit un vête-
ment convenable, et dit à sa femme : « Alice, ne
» restez pas seule ici, allez dans votre chambre
» jusqu'à ce que j'aie répondu à la personne qui me
» fait appeler. »

Cinq minutes après ce colloque, Edmond entrait
au salon avec l'attitude qui personnifie le gentilhomme ; et, s'avançant près du vieillard, il le salua
avec un profond respect. Troublé de l'émotion du
visiteur, Edmond s'arrête, regarde et s'écrie :
« Comment ! mon père, c'est vous ! Comment !
» malgré l'altération de votre santé, vous avez
» quitté la Roche et passé la mer pour surprendre
» votre fils ! Vous croyiez, sans doute, qu'à l'exem-
» ple de Raphaël et du Guide, j'aurais fait céder mon
» âme au désir, à la passion sous l'empire de la-
» quelle tout s'efface : la moralité, le sens qui
» discerne, même cette puissance éminente qu'on
» appelle la volonté. Sachez, mon père, que j'ai
» toujours mis en pratique les principes que vous
» m'avez inculqués ; principes qui m'ont révélé que
» le bonheur relatif est pour chacun de nous, le
» but unique de la vie. — Je l'ai trouvé, ce bonheur
» en sacrifiant des passions sensuelles à la culture

» des arts, à la puissance de sentir profondément
» ce qui est beau; mon père! enfin, en associant ma
» destinée à l'épouse que j'ai choisie, et qui, loin
» de tirer vanité de sa brillante éducation, est con-
» vaincue que le type de toutes les sortes de bon-
» heur est le bonheur domestique.

— » Edmond, si je suis venu te chercher, c'est
» que j'ai vu l'égarement où je suis tombé en ré-
» fléchissant à ton avenir. Nulle doute qu'une fausse
» ambition me faisait souhaiter pour toi, un rang
» élevé dans l'armée ou dans l'administration du
» gouvernement. — Maintenant, cher Edmond, je
» reconnais que tu as choisi la meilleure part ;
» c'est-à-dire, une carrière indépendante, et en
» rapport avec la puissance des facultés dont tu
» sais faire un noble usage. Pardonne-moi, mon
» ami, d'avoir cherché par un refus imprudent à
» nuire au bonheur réel que tu avais rêvé. — Amène-
» moi ta femme, car elle n'est plus ma belle-fille,
» mais ma fille..... »

On comprendra que le père et le fils fussent vivement émus, et qu'il leur tardât, à l'un et à l'autre
que l'entretien finît

« Pardon, mon père, s'écria Edmond avec viva-
» cité ; je cours chercher Alice. — Elle est toujours
» prête à recevoir ses amis; jamais la préoccupa-
» tion de n'être pas assez parée ne vient obscurcir

» la lucidité de son esprit, et encore moins, les grâ-
» ces de son cœur... »

Quatre minutes avaient suffi à Edmond pour
revenir accompagné de sa femme. Au type de
sainte Françoise de Rome, ce modèle des épouses
et des mères, elle ajoutait ce je ne sais quoi qui
plaît, et prévient en faveur de ceux qui le possèdent.

« Vous êtes, Monsieur, bien courageux, dit Alice
» en tendant la main à son beau-père, car vous
» venez de bien loin surprendre des enfants qui
» n'osaient espérer vous revoir ! Cet acte révèle
» la grandeur d'âme de Cincinatus dont le souve-
» nir est cher à notre patrie. — Alice, épouse
» fidèle d'Edmond de Lussac, appelez-moi mon
» père, car vous êtes ma fille ; vous êtes l'héritière
» de la Roche... »

A cet élan d'un cœur vaincu par la puissance de
l'amour qui avait bravé les ressentiments d'un
père, succédèrent quelques moments de ce silence,
souvent plus éloquent que les démonstrations de
la sensibilité. « Dès aujourd'hui, mon père, dit
» Edmond, quittez votre hôtel ; venez près de nous,
» recevoir les témoignages de respect dû à vos
» cheveux blancs..... Mon ami, reprit le vieillard,
» j'accepte ton hospitalité pendant mon séjour à
» Rome, car je ne me résoudrai jamais à m'éloi-

» gner de la France, même pour participer à ton
» bonheur. Je veux mourir à la Roche. — C'est
» moi, mon fils, qui dois insister pour te rappeler
» dans ta patrie, toi, et ma fille Alice. »

« Mor père, permettez, qu'aux objections que
» vous me faites, je vous oppose les miennes
» que vous approuverez ; du moins je l'espère.
» Quant à présent, je ne puis abandonner Rome.
» D'abord, j'y suis retenu par une commande im-
» portante. Le comte de Monti-Castelfitardo m'a
» prié de faire pour la galerie de son nouveau
» palais, une série de tableaux où seront reproduits
» tous les siéges subis par Rome païenne et par
» Rome chrétienne. Ensuite, Alice a ici toute sa
» sa famille dont elle fait encore la joie.

» Si, après l'achèvement de ce grand travail,
» ma situation de fortune me permet de me fixer
» auprès de vous, mon père, ce sera pour tou-
» jours....... »

A cet aveu, Monsieur de Lussac n'eut rien à dire.
— Il resta un mois avec ses enfants qui se mirent
à sa disposition, pour lui faire admirer les merveilles que recèle la capitale des anciens Césars.

ROME.

Lorsque Joseph et Roger apprirent ce qui s'était passé entre Monsieur de Lussac et son fils, ils s'empressèrent de lui exprimer la satisfaction qu'ils en éprouvaient. Touché de la sollitude de ces jeunes gens, le vieillard fut heureux à son tour, de les présenter à son cher Edmond qui leur exprima toute sa reconnaissance pour la déférence et le respect dont ils avaient entouré son père. « Puis, continua-t-il » ne vous inquiétez plus de lui, Messieurs, il est » logé chez moi ; jouissez de votre liberté durant » le voyage que vous désirez effectuer ; (car on ne » le peut pas toujours ;) les événements de la vie » tiennent à si peu de chose ! » « Toutefois, ajouta » Edmond de Lussac, je réclame de vous Mes- » sieurs, de vous, qui êtes les amis des Lettres et » des Arts, la faveur de vous servir de cicérone » afin de vous montrer ce qu'il y a de plus remar- » quable dans la ville éternelle. » — Volontiers, « Monsieur, répliquèrent Joseph et Roger ; et c'est » avec d'autant plus d'empressement, que nous » sommes pressés par la rapidité du temps. Demain,

» nous commencerons nos étapes, reprit Edmond
» de Lussac; mais avant, je réclame l'honneur de
» vous offrir à dîner ce soir, et de vous présenter
» à ma femme. — Joseph et Roger acceptèrent et
» furent enchantés de la gracieuse réception que
» leur fit Madame de Lussac. »

Le lendemain matin, 6 septembre, le fils de Monsieur
de Lussac, commença de s'aquitter de son office de
cicérone. D'abord, il mena ses jeunes amis visiter
le Panthéon d'Agrippa (aujourd'hui Notre-Dame-de-
la-Rotonde) que le célèbre général, favori de l'empereur Auguste, dédia à tous les dieux de l'Olympe,
puisque ce prince en avait refusé la dédicace. Sur
le sommet de l'édifice, est un cheval de bronze où
sont placées les statues d'Auguste et d'Agrippa. L'intérieur du monument renferme les bustes des plus
célèbres artistes qui firent l'admiration de Joseph
et de Roger; mais leur impression fut plus vive
encore, quand Edmond leur montra le tombeau
de l'Apelles du xvi° siècle, de Raphaël dont la mort
craignit de faire mourir la nature elle-même. Au
reste, nos jeunes touristes firent observer à Edmond de Lussac, que dans ce temple, il semble
qu'on se soit plu à discerner l'esprit des deux cultes:
Le paganisme et le christianisme. — Sortis du
Panthéon, Joseph et Roger quittèrent leur ami,
et chacun de son côté, se rendit à l'appel du déjeûner. A tantôt ! dit celui ci, en serrant la main
des deux inséparables.

A une heure, Edmond de Lussac et son père prirent place dans une voiture, afin de faire traverser Rome en tout sens, aux jeunes touristes français avant de se rendre à Saint-Pierre. C'était une pensée ingénieuse, car en passant dans les principaux quartiers de la ville, on en saisit l'aspect et les souvenirs. A trois heures, Edmond de Lussac pria le cocher de s'arrêter en face du château Saint-Ange bâti par Adrien : De cette forteresse, on peut contempler un de ces tableaux que le pinceau du Véronèse ou celui du Poussin reproduirait bien plus noblement que la plume.

Sur le pont Saint-Ange qui conduit à la place Saint-Pierre, on regarde se déployer dans toute sa magnificence, l'Eglise du prince des Apôtres dont les fondements posés par le Bramante, remontent au pontificat de Jules II. Et lorsqu'on voit se perdre dans les nues avec majesté, la coupole de Michel-Ange, on est pénétré d'un sentiment d'admiration indéfinissable. D'ailleurs, Saint-Pierre de Rome est le plus grand des édifices élevés par les hommes, puisque les pyramides d'Egypte lui sont inférieures en hauteur.

Aussi, l'émotion de nos touristes français s'accroissait-elle, à mesure qu'ils s'approchaient de ce temple; car, il est le seul travail de l'art qui sur notre terre, ait le genre de grandeur qu'on remarque dans les œuvres immédiates de la création.

Arrivés sous le Péristyle de Saint-Pierre Edmond de Lussac souleva le rideau de la porte, et vit pâlir ceux qui l'entouraient : semblables à des accusés qui attendent un événement solennel, ils s'interrogeaient du regard.

Aucun d'eux ne proféra une parole, car dans cette superbe basilique, tout commande le silence. Cependant, la prière, ce soupir sans douleur, peut s'y faire entendre! Et, instantanément, Monsieur de Lussac, à genoux, adressa au père des miséricordes, une de ces invocations qui de même que les affections sincères, viennent du ciel. Edmond et nos deux amis suivirent l'exemple du respectable vieillard, et firent ensuite avec recueillement, le tour de l'église dont ils admirèrent le sanctuaire qui est immense.

Partout, des tombeaux, des tableaux qui révèlent que Rome a été la patrie des grands maîtres de la sculpture, de la peinture, et un asile hospitalier pour les artistes célèbres persécutés dans leur patrie.

D'ailleurs, à Saint-Pierre on retrouve l'ouvrage de Michel-Ange et l'alliance des religions antiques avec le christianisme; c'est pourquoi, il n'est pas surprenant, qu'en sortant de ce lieu, nos touristes fussent transformés d'admiration, et que Joseph ait dit en se tournant vers Edmond de Lussac : « Monsieur, lorsqu'on s'éloigne de ce monument, on passe

» des années célestes aux intérêts du monde. C'est
» vrai, mon ami, répondit ce dernier, votre appré-
» ciation est juste et votre sentiment digne d'une
» âme élevée » — Joseph et Roger accompagnèrent jusqu'à leur demeure, Monsieur de Lussac et
son fils qui leur serrèrent la main en disant : A demain.

Mais, nos deux amis ne voulant pas abuser de
l'obligeance de leur aimable protecteur, résolurent
de consacrer la matinée du lendemain, à visiter
seuls le capitole.

Ils prirent une voiture et un guide sûr qui s'ac-
quitta très bien de son devoir, — que trouvèrent-ils
à la place du magnifique temple dédié à Jupiter;
de ce temple dont les marches furent franchies
tant de fois par les vainqueurs couronnés ? un mélange de ruines, d'édifices, de campagnes et de
déserts : Pourtant ce lieu a conservé le nom que lui
avait donné Tarquin le superbe, car le temps n'a
pu en désunir les syllabes immortelles. Ensuite,
Joseph et Roger revinrent à leur hôtel en passant
par le Forum, mais ils n'y retrouvèrent plus aucune
trace de cette fameuse tribune d'où le peuple romain était gouverné par l'éloquence. On y voit
encore trois colonnes d'un temple élevé par Auguste, en l'honneur de Jupiter tonnant, lorsque la
foudre tomba sur lui sans le frapper.

Une autre colonne, débris d'un temple de Jupiter
gardien, s'élève non loin de l'abîme, dans lequel se
précipita Curtius dont le dévouement alla jusqu'à

l'héroïsme. Un arc de triomphe élevé à Septime-Sévère, rappelle les exploits de cet empereur qui savait discipliner ses soldats, et se faire craindre d'eux comme Philippe roi de Macédoine.

Très satisfaits de ce qu'ils avaient vu, Joseph et Roger étaient donc encore mieux disposés à continuer leurs promenades dans la capitole du monde catholique. A une heure, ils prirent une voiture qui, en peu de temps, les mena à la porte de la rue Michel-Ange.

Introduit dans un salon orné des tableaux d'Edmond de Lussac, Joseph et Roger furent reçus par sa femme qui les pria d'attendre son mari occupé pour quelques instants.

« J'espère, Messieurs, dit-elle avec sa grâce na-
» turelle, que nous aurons le plaisir de vous offrir
» à dîner ce soir, et de vous faire partager l'intimité
» de notre soirée de famille. — Madame, reprit
» Joseph, nous regrettons de ne pouvoir accepter
» votre gracieuse invitation, mais nous avons pris
» nos dispositions pour aller au théâtre, car nous
» n'avons plus qu'un jour à rester à Rome. J'avoue,
» que nous sommes dans l'enthousiasme, à la pen-
» sée que nous assisterons à une représentation de
» Didon, chef d'œuvre de Piccini. — Hé bien ! ré-
» pondit Madame de Lussac, il faut retarder votre
» départ d'un jour, et nous dédommager demain.
» A peine l'aimable interlocutrice achevait-elle sa

» phrase, que son mari entra gaîment. — Mes
» amis, je suis tout à vous, dit-il, partons; mais
» avant, veuillez m'exprimer ce que vous désirez
» voir aujourd'hui. — Vous avez raison, continua
» Joseph: puisque nous devons partir après demain,
» il faut nous borner à visiter les principales Eglises
» ainsi que les chefs-d'œuvre de l'antique Grèce. —
» Au même instant, un coup de sonnette avertit que
» la voiture commandée par Edmond de Lussac
» les attendait.

» Conduisez-nous d'abord, au Vatican dit ce
» dernier au cocher; ensuite nous verrons situé
» sur une colline, qui jadis faisait partie des sept
» collines de Rome, le palais des papes remonte
» suivant les uns à Constantin. — Agrandi en quatre
» cent quatre vingt-dix-huit, par le pape Symma-
» que, il fut embelli par Nicolas V, Léon X et
» par Benoît XIV. — Quoiqu'il en soit, le Vatican
n'est devenu la résidence des souverains Pon-
tifes que depuis la fin de la captivité de l'église;
c'est-à-dire en 1377, quand Grégoire XI revint à
Rome.

Partout dans ce palais, se décèlent la magnificence
et le grandiose de l'art; mais ce qui attira parti-
culièrement l'attention de nos jeunes français, ce
sont les salles de cet édifice, dont les fresques révèlent le talent de Raphaël et ses aspirations à l'i-
déal. — Ainsi la dispute au saint Sacrement ou la

théologie, l'école d'Athènes ou la philosophie ; le
Parnasse ou la poésie ; et la jurisprudence ou Grégoire XI, rendant les premières décrétales sont des
compositions originales dans l'histoire de l'art.

Sous l'impression de la splendeur du vrai, Edmond de Lussac mena les deux amis visiter la première Eglise patriarchale de l'Occident, Saint-Jean
de Latran devenue célèbre par les conciles qui y
ont été tenus. Dans cette Basilique, les colonnes de
porphyre et de granit sont à l'infini ; et à côté, se
trouve le baptistère, où dit-on, Constantin fut bap-
tisé. — De là, ces amis de l'art se rendirent à
Saint-Pierre-des-Liens pour y admirer le chef-d'œuvre du Phidias Italien : le tombeau de Jules II, où
est représenté Moïse assis, tenant les tables de la loi.
« Remarquez, dit Edmond de Lussac, que le sculp-
» teur de ce monument était un homme de génie !
» Considérez avec quelle persévérance, il a su
» replacer le beau dans le vrai, par l'alliance de
» l'art et de la science. — Vous jugez en maître,
» répondirent Joseph et Roger ; et j'avoue, ajouta ce
» dernier, que Michel-Ange et sans contredit, le
» Corneille de la sculpture. — Maintenant, je vais,
» continua Edmond de Lussac, vous faire admirer
» le plus beau groupe que nous ait légué l'antiquité ;
» le fameux Laocoon dépeint par le Dante, et que
» l'on a retrouvé en 1506, sous les Thermes de
» Titus. » Que c'est beau ! s'écria Joseph ; et je

Source du Bonheur.   14

me rappelle, que Jules II, manifes-ta la joie
que lui causait cette découverte, par le son des
cloches. Dans la même cour, appelée cour du
Belvédère, nos visiteurs remarquèrent un autre
chef-d'œuvre : Apollon fait Dieu par le ciseau
de Polydore, par l'un de ces ciseaux créateurs
qui, en voulant imiter la nature, lui imposent silence.

Ravis de ce qu'ils avaient contemplé, Joseph et
Roger en exprimèrent leur reconnaissance à Edmond de Lussac qui voulut, avant de se séparer
d'eux, leur faire admirer la place Saint-Pierre en
les plaçant au milieu, de façon qu'ils pussent, d'un
côté, voir l'obélisque de Sésortris érigé artistement
par les soins éclairés de Fontana et d'un autre,
l'édifice du Bramante rehaussé par le génie de
Michel-Ange. — Six heures ayant sonné, nos amis
se séparèrent et dirent : A demain.

Rentrés à leur hôtel, Joseph et Roger dînèrent à la
hâte et prirent ensuite la rue qui conduit au théâtre
Mouti. Ils y arrivèrent au milieu d'une nom-
breuse affluence, et passèrent une soirée charmante,
l'opéra annoncé fut si bien exécuté que le souvenir
de Didon, d'Encé et de Virgile, vint ennoblir la
satisfaction qu'ils éprouvaient, et qu'éprouvent ceux
qui ont le sentiment musical aussi bien qu'un goût
pur et délicat.

Le lendemain, dès le matin, Joseph et Roger se mirent en devoir d'écrire à leurs familles, (ce n'était pas la première fois) et de tenir prêt tout ce qui est nécessaire pour continuer un voyage. Quand ils eurent pris ce soin, ils se sentirent plus libres que jamais. Et, désireux d'avoir une idée de la campagne de Rome, Joseph et Roger prirent un guide qui les mena sur les bords de l'Anio, de ce fleuve qui retentira éternellement dans les vers d'Horace. Là, nos jeunes français trouvèrent un site des plus pittoresque et des plus varié. D'un côté, des cascades entre lesquelles l'Anio tombe en bouillons impétueux, ont quelque chose d'imposant; plus loin, un temple à la Sybille; un autel à Vesta donnent à réfléchir; enfin, la maison d'Horace, de ce poète qui accueillait ses amis avec une urbanité parfaite, fut pour Joseph et Roger, l'objet d'une douce émotion.

Ils revinrent par Tusculum pour se procurer la satisfaction d'accorder un souvenir au grand maître de l'éloquence, à Cicéron, qui montra tant de dévouement à sa patrie.

Après cette excursion agréable, Joseph et Roger se firent conduire à la villa Borghèse, où ils remarquèrent que dans ce lieu enchanté comme dans bien d'autres, la richesse cache la beauté. Cependant, ils admirèrent un nouveau chef-d'œuvre de l'art antique : Le gladiateur sortant vainqueur de l'arène, rassemblé sur trois lignes de marbre, et l'on peut dire, que ces lignes sont savantes.

Une journée entremêlée de plaisirs divers et dignes d'envie passe vite, de sorte que l'heure de se présenter chez Monsieur de Lussac arriva trop tôt pour Joseph et Roger, bien qu'ils fussent enchantés de lui consacrer les dernières heures de leur séjour à Rome.

Le dîner fut animé et la soirée très agréable. Madame de Lussac s'était plu à en bannir la monotonie, et à y réunir quelques personnes de sa société intime. On fit de la musique, on dansa quelques quadrilles, et l'on y eût tant d'agrément que chacun s'éloigna emportant de cette soirée un doux souvenir. Et, quand Joseph et Roger vinrent saluer les maîtres de la maison, on s'aperçut qu'ils n'étaient pas maîtres de leur émotion.

Néanmoins, ils surent exprimer en termes choisis, et leur gratitude, et les regrets d'en être arrivés à l'heure des adieux : — Au revoir, Messieurs, dit Madame de Lussac. — A bientôt ! mes amis, reprit son beau-père ; puis embrassant son petit voisin de la Roche, il ajouta : je vais Joseph, donner de vos nouvelles à votre mère.

Nous laissons nos deux touristes se disposer à quitter Rome dont ils conservèrent les plus touchants souvenirs, pour suivre par la pensée, les

habitants de Saint-Hilaire de même que l'intéressante famille Périer.

VISITES INTIMES.

Le lecteur a dû pressentir que le départ de
Joseph ait fait un grand vide au foyer domestique
de la famille Desaix qui, depuis la mort du général,
s'était retirée du monde ; or la gaîté ne régnait plus
à Saint-Hilaire ; — Madame Desaix s'en affligeait
pour sa fille, car elle savait, qu'à son âge, il faut
des distractions, et que c'est un devoir de donner
l'exemple du courage à ceux qui nous entourent.
— « Pour ramener à Saint-Hilaire le mouvement
» et la vie, il faut, dit Valérie à son mari, que nous
» fassions des visites aux personnes qui nous ont
» toujours accueillis favorablement.

Ce dessein eut son exécution l'un des beaux jours
du mois de septembre ; de ce mois de l'année, où la
campagne est peuplée et animée de travailleurs,
empressés de serrer les récoltes de l'arrière saison.

Aussitôt après leur arrivée à Clermont Madame

Desaix et son mari se firent conduire à l'hôtel du préfet qui reçut ses amis avec un accueil aussi cordial que sincère; tant il est vrai de dire, que l'estime resserre les liens de l'amitié. Monsieur Périer était si heureux qu'on vînt le trouver dans son isolement, qu'il obtint de ses aimables visiteurs la faveur de leur offrir une bienveillante hospitalité.

La conversation entre le préfet de Clermont et les propriétaires de Saint-Hilaire fut animée et intéressante. Elle eut d'abord pour sujet le départ de Monsieur de Lussac, le talent de son fils sur la peinture, enfin, le charmant voyage de Joseph avec son ami Roger de Montcalm. Mais on revint sur le passé! et l'on s'émut au souvenir des angoisses de l'exil, ce qui ne faisait cependant point oublier les glorieuses campagnes de Bonaparte, et l'éclat qu'il ajoutait à ses victoires, par une réconciliation de l'église et de la société nouvelle, en signant avec Pie VII le concordat de 1801.

UNE LETTRE DE JOSEPH.

Après une semaine passée très agréablement en

société de Monsieur Périer, Madame Desaix et son mari insistèrent pour obtenir du préfet la promesse de venir avec ses enfants, se délasser à Saint-Hilaire, des préoccupations de son administration départementale.

« Assurément, Madame, répondit le préfet,
» qu'Arthur et moi ferons tous nos efforts pour ac-
» cepter votre gracieuse invitation. Pour ma belle-
» fille, il ne faut pas y compter ; parce qu'elle est
» en deuil de sa mère morte à Nantes, il y
» a trois mois, avec la consolation d'être assistée de
» sa fille Amélie ; de sa fille........ qui a reporté
» sur son frère, la pension que mon fils faisait à
» Madame du Moulins. — Veuillez excuser mes
» enfants, s'il ne vous ont point adressé de faire
» part ; mais la convenance, le tact leur suggéra la
» pensée d'agir ainsi. » — « Ils ont eu raison, re-
» prit Monsieur Desaix, et on doit les approuver. »
— Cet entretien fut suivi du déjeûner et du départ des hôtes de la préfecture ; et, lorsqu'on vint les avertir que leur voiture était attelée, Madame Desaix et son mari serrèrent la main de Monsieur Périer en disant : A bientôt !

Il était quatre heures, quand du château on entendit le bruit de la voiture. Aussitôt Blanche, qui était restée à Saint-Hilaire confiée aux soins d'une ancienne femme de confiance attachée à la famille, vola au-devant de sa mère, en lui montrant de loin la lettre qu'on avait reçue de Joseph depuis trois jours. — « C'est de mon frère ! s'écria Blanche » en embrassant sa mère. » « Ouvre-la, pendant » que je vais au-devant papa qui cause à la grille » avec le garde ! Oui, chère enfant, répondit Ma- » dame Desaix. » La lettre de Joseph datée de Rome et du 30 août, annonçait que lui et son ami quittaient cette ville pour continuer leur voyage.

Voici l'itinéraire qu'ils s'étaient tracé. Suivons-le par la pensée.

NAPLES, VENISE.

Le 1er septembre, Joseph et Roger s'embarquè- rent à Ostie, traversèrent le golfe de Naples, afin d'entrer dans cette ville par le côté le plus admi- rable. Naples avec son port, a une jetée qui peut mettre à l'abri cinq cents vaisseaux. A la vue de l'ancienne Parthénope, nos jeunes touristes furent saisis d'une impression de ravissement : D'un côté,

la mer, de l'autre, un ciel splendide, ce qui offre un
tableau que la plume ne peut reproduire ; car pour
cela il faut le pinceau du premier paysagiste du xvii[e]
siècle, Claude le Lorrain. Le principal édifice de
Naples, et qui attira l'attention des touristes, est le
théâtre Saint-Charles, l'un des plus beaux de l'Europe. Aussi Joseph, et Roger furent-ils enchantés
de pouvoir assister à une représentation de Marie-
Stuart, par Alfieri. — De Naples, ils allèrent à
Capri, cette île chantée par les poètes, et dont
l'intérieur est délicieux. A trois lieues de là, est
le Vésuve, près duquel Joseph et son ami s'avan-
cèrent, jusqu'à ce qu'il y eût du danger à regarder
ce volcan toujours en incandescence, et qui présente aux regards un des plus beaux spectacles de
la nature. Ensuite, se rappelant qu'à l'entrée de la
grotte souterraine du Pausilippe, repose Virgile, ils
y vinrent, et déposèrent une couronne sur le tombeau du poète qui chanta les Bergers et les Rois.
De Capri, nos jeunes voyageurs franchirent la mer
Tyrrhénienne jusqu'à l'embouchure de l'Arnô dont
ils remontèrent le cours pour arriver à Pise ; ville
déchue qui, au xiiie siècle, était la rivale de Gênes
et de Venise alors les reines du commerce maritime.
A la vue de la tour penchée qui domine le fleuve,
Joseph et Roger ne purent contenir leur émotion,
au souvenir d'Ugolin, cette victime de la tyrannie,
et dont le Dante retrace dans la divine comédie
le supplice d'une manière effrayante. De Pise, ils

prirent la route la plus directe qui mène à Florence qu'ils désiraient ardemment connaître. Ber-
céau des arts-libéraux au moyen-âge, cette ville
possède une collection de statues, de bas-reliefs,
de tableaux et de pierres précieuses connue sous
le nom de galerie d'Athènes de l'Italie. « C'est ici,
» disait Joseph, la patrie de Michel-Ange, de Lulli,
» oui répond Roger, — mais, tu oublies Galilée
» le créateur de la philosophie expérimentale? Non,
» reprit celui-là parce que, s'il fallait, mon cher,
» énumérer tous les grands hommes que Florence a
» vus naître, nous ferions un cours de littérature;
» passe-temps agréable il est vrai, mais sur lequel
» nous devons passer outre; car, toi et moi repre-
» nons le cours de nos études le 8 novembre. »

De Florence, nos touristes se rendirent à Sienne,
sachant qu'on y parle l'idiôme le plus pur, et que
les femmes y ont une réputation de beauté incon-
testée. Ils en visitèrent les environs qui sont délicieux, et prirent la route de la Vénétie que le
traité du Camp-Formio avait donnée à la France
quatre années auparavant. Bien qu'ils eussent
résolu de traverser rapidement le Balonais et la
Romagne, Joseph et Roger s'arrêtèrent à Ravenne
pour voir le tombeau du Dante; à Rimini, pour
examiner le port et un pont Romain en marbre.
Là ils prirent place sur une galère vénitienne,
traversèrent par un vent favorable la mer Adria-

tique, et ne tardèrent pas à apercevoir Venise qui
semble sortir des eaux comme Vénus de la mer.
Cent petites îles s'offrent aux regards des passagers, ainsi que neuf cents gondoles lancées sur les
canaux que ces îles laissent entre elles. Riche et
ornée d'un grand nombre de monuments remar-
quables, Venise intéresse les amis des arts. Le
ci-devant palais des ducs renferme des statues,
des tableaux, chefs-d'œuvre des plus grands maîtres, et une superbe bibliothèque où se trouve
un dépôt précieux d'archives, de manuscrits, de
collections scientifiques et artistiques. Pour Joseph
et Roger, Venise est une ville unique qui, à une
rare élégance, joint un caractère d'étrangeté.

MILAN.

Abandonnant la Vénétie proprement dite, nos
deux amis traversèrent rapidement la Lombardie,
car ils désiraient seulement visiter Milan. Descen-
dus à l'hôtel Beccaria, Joseph et Roger eurent tous

les renseignements nécessaires pour voir en peu de temps, ce qu'il a de plus remarquable dans l'ancienne cité gauloise, et de la quelle, le poète Auxonne a dit : « Tout y est admirable ! » D'abord la cathédrale dont le style gothique est rehaussé du cachet du grandiose ; ensuite, la superbe place du château plantée de dix mille pieds d'arbres. Enfin, à ces merveilles, s'allie le souvenir que la foi inspire ; d'abord c'est saint Ambroise, ce père de l'Eglise latine au ive siècle, et qui fut archevêque titulaire de Milan; ensuite Charles Borromée, l'une des gloires de l'Eglise au xvie siècle, puisqu'il fut, tout à la fois, la lumière du concile de Trente, et un modèle accompli de la charité évangélique. Joseph et Roger eussent souhaité rester huit jours à Milan, mais pressés par l'époque de leur retour en France, ils durent faire le sacrifice de le quitter, sans avoir vu les œuvres d'art que cette ville recèle.

Ils prirent la route de la haute-Italie, et passè le plus beau de tous les lacs : Le lac Majeure dont les bords charmants sont entremêlés d'îles délicieuses, notamment, les îles Borromée. Ensuite, ils longèrent le cours sinueux de l'Adda, et se trouvèrent sur le territoire de l'ancienne Valteline.

LE LAC DE CONSTANCE.

« Nous ne pouvons, dit Joseph, réaliser le projet
» complexe que nous avions conçu ; au reste, si
» l'on veut retirer quelque avantage de ce que
» l'on fait, il ne faut pas embrasser tout à la fois.
» Il en est de même pour conserver des souve-
» nirs de voyage ; c'est-à-dire, prendre le temps
» d'apprécier ce que l'on visite. — C'est pourquoi,
» nous devons changer notre itinéraire, car nous
» sommes forcés d'abréger notre congé. » Tout en
causant, nos deux amis mettaient le pied sur le sol
de la Suisse, et passaient près du mont Saint-Gothar.
Obligés de s'arrêter à Coire, ils se mirent en devoir
de se procurer des mulets et un guide, afin de
suivre la route la plus directe jusqu'à Constance.

Lorsqu'ils y entrèrent, Joseph et Roger se rappelèrent que cette ville déchue, jadis une ville
impériale, était une des plus importantes du moyen-

âge, et que le concile Œcuménique de 1414, l'à rendue à jamais célèbre.

Après avoir pris un jour de repos, Joseph et Roger prièrent un batelier de leur faire passer le lac autour duquel sont groupées des habitations ravissantes, grâce à l'habileté de ce nouveau Guillaume Tell, nos voyageurs franchirent en se promenant sur le lac, une distance de dix-huit lieues qui conduisent au duché de Bade, ou plutôt dans le cercle du Haut-Rhin. Ils s'arrêtèrent à Fritbourg avec l'intention d'y passer un jour, afin de se reposer. — Mais, comment résister au désir de reconnaître le lieu inaccessible où Louis II de Condé vainquit les Impériaux en 1644 ?

C'est presque impossible, lorsqu'on est jeune et instruit; on aspire à retrouver le tableau de ce que l'on a conçu et décrit. — Or, Joseph et Roger se satisfirent, se rappelèrent que le duc d'Enghien jeta son bâton dans les retranchements de Fritbourg, et qu'il s'élança pour le reprendre; enfin, que Mercy, le scipion de l'Allemagne, fut obligé de battre en retraite. — Rentrés à la ville, nos touristes voulurent encore visiter la cathédrale et l'archevêché récemment créé; ensuite, il leur fallut se préparer au départ pour le lendemain, et s'imposer la privation, quoique à grand'peine de ne pas faire une excursion dans la vaste forêt noire, qui court du sud au nord parallèlement au Rhin, et dont l'étendue est de deux cents kilomètres de long. Pourtant, grâce à leur célérité, ils eurent l'agrément de voir les trois sources du Danube qui part du duché de Bade pour suivre de l'ouest à l'est, un cours de 550 lieues.

Étant venus à Signaringem pour remarquer que la navigation du Danube est dangereuse par l'existence de rochers cachés sous les flots, Joseph et Roger y prirent place dans une espèce de patache, attelée de deux mulets qui, marchant d'un pas tranquille et lent, ne les emmenèrent pas assez vite, pour les faire arriver avant la nuit à Colmar.

RETOUR.

Cette ville qui n'est réunie à la France que depuis 1697, ressemblait alors à une ville de l'Allemagne ; au reste, elle était la résidence du conseil souverain de l'Alsace.

De Colmar, Joseph et Roger se rendirent à Besançon qui a l'aspect grandiose des pays coupés par des chaînes de montagnes ; et, pour admirer la nature tantôt agreste, tantôt pittoresque que l'on rencontre en suivant les ramifications du Jura, ils firent à pied une certaine étendue de terrain. Ensuite nos touristes s'arrêtèrent à Dôle, ancienne capitale de la Franche-Comtée, enlevée à l'Espagne depuis 1674; et le lendemain, se firent conduire à grand'-peine à Bourg. Là, ils trouvèrent la poste qui faisait le service de Lyon, y montèrent, et après 12 heures d'un voyage fatigant, ils descendirent à l'un des hôtels de cette ancienne ville, qui n'est réunie à la France que depuis Philippe-le-Bel.

L'aspect de Lyon est magnifique, la situation charmante; mais Joseph et Roger ne purent s'en rendre compte, attendu que les désastres de 93 y existaient encore. En suivant la rive gauche du Rhône, ils arrivèrent à Valens. Contraints d'attendre le passage de la voiture que chacun d'eux devait saisir, ils en profitèrent pour aller voir le pont suspendu et la cathédrale où l'on voit le tombeau de Pie VI. Enfin, vint l'heure pénible, l'heure des adieux... Personne n'ignore qu'au printemps de la vie, se resserrent les amitiés de l'adolescence, les amitiés durables : Aussi Joseph et Roger essayèrent-ils vainement, en s'embrassant, de contenir leur émotion.

Quelques jours après cette scène touchante, Roger descendait le Rhône jusqu'à Beaucaire. De là, un véhicule le mena au Vigan d'où l'on aperçoit les tours crénelées du château des Montcalm. De son côté, Joseph avait passé par le Vivarais, au Puy où s'arrêtait la diligence qui relayait à Clermont.

Inutile de dire que le retour de nos jeunes touristes, fut pour leurs familles respectives, l'objet d'une joie parfaite... Mais elle n'eut pas de lendemain.

JOSEPH ET ROGER A PARIS.

Le 1er novembre qui rappelle le magistrat à ses hautes fonctions, est aussi une date inexorable pour l'étudiant destiné à suivre les cours du droit, ou les cours de la science médicale. D'autres enfin, appelés à des carrières administratives, viennent également à Paris pour se former aux règlements qu'elles prescrivent. Il en fut ainsi pour Joseph et pour Roger : L'un fut attaché à la banque de France, l'autre au ministère des affaires étrangè-

Source du Bonheur.   15

res. Par cette heureuse coïncidence, nos deux amis pouvaient dire à l'exemple de saint Basile et de saint Grégoire de Naziance étudiant à l'école d'Athènes : « Tout est commun entre nous ; le » travail, la table, même les plaisirs de notre âge. »

De Limoges venait en même temps à Paris, non un jeune homme, mais un écolier qui avait le plus grand désir de finir brillamment ses études. C'était Maurice Périer.

Sous les auspices d'un père éclairé et capable, en contact avec une mère intelligente et dévouée, il avait grandi, reçu les principes de l'éducation première, tandis que des professeurs expérimentés dirigeaient ses études avec succès. Mais, quand Maurice entra dans sa seizième année, Monsieur Arthur Périer et sa femme avaient senti la nécessité de se séparer de leur fils, et de le mettre à Paris dans une institution de choix pour qu'il y fît sa rhétorique et sa philosophie. — Or, le 15 novembre, Maurice entra à Saint-Louis.

Voilà, comment à une époque de la vie, les familles paient le tribut à la paternité, persuadées que leurs fils doivent, avant tout, se préparer à devenir des hommes instruits et distingués, afin que par la suite, ils puissent se rendre utiles à la patrie et chers à leurs concitoyens.

RÉSIGNATION ET ESPÉRANCE.

Pourquoi parler de l'avenir, puisque nous savons qu'il ne nous appartient pas? Pourquoi aussi, ne pas espérer, sachant que Dieu a fait descendre du ciel sur la terre, la sœur de la foi ? — C'est précisément, parce que nous savons avec Jean Chrysostôme, qu'au milieu du naufrage de ce monde, une main propice nous jette le câble de l'espérance, que nous nous préoccupons de l'avenir des familles dont l'existence est liée au sujet de notre récit.

En portant nos regards à la Roche, nous admirons Monsieur de Lussac qui se résigne à son isolement, et sent qu'il est doux d'espérer; à Saint-Hilaire, nous voyons Madame Desaix et son mari se consoler du départ de leur fils, sachant que c'est dans son intérêt; enfin, à Limoges, nous considérons Amélie comme un modèle de sagesse et de dévouement. — D'ailleurs, Valérie Desaix et Amélie Périer, types de la femme chrétienne, en ont le calme et la sérénité. L'une et l'autre ont su inculquer à leurs enfants, que la seule action de la vie de l'homme qui atteigne toujours son but, c'est l'accomplissement de son devoir. Elles leur ont appris, à Joseph et à Maurice, qu'il faut voir dans son temps, la *vérité*, le *bon sens*, et les rechercher avec *intelligence et amour*.

DIX-HUIT-CENT-DEUX.

Si les visites entre Monsieur de Lussac et la famille Desaix étaient fréquentes; rares devenaient celles de Madame et Monsieur Arthur Périer. A Saint-Hilaire on s'empressait d'aller trouver le châtelain de la Roche et le préfet de Clermont, privé également de la société de ses enfants. — Et, bien qu'une correspondance régulière et affectueuse effaçât un peu, quelque ombre du côté de l'absence, il y avait néanmoins, pour les deux pères des heures de tristesse et de découragement.

VISITES A LA ROCHE ET A SAINT-HILAIRE.

Lorsque Madame Périer eut passé la période de son deuil, elle fit, accompagnée de son mari des visites générales dans le département, dont ce dernier était le premier magistrat. De plus, ils se réservèrent la jouissance de surprendre leurs amis pendant les derniers beaux jours.

Le 1ᵉʳ septembre, le préfet de Limoges et sa femme se faisaient annoncer à la Roche; c'était peu de jours après la nouvelle de l'insurrection de Saint-Domingue, causée par le soulèvement des noirs à l'instigation de Toussaint-Louverture.

A la Roche ! On n'y voyait plus régner cette fausse grandeur qui est le caractère distinctif d'une éducation fausse; au contraire : la simplicité, l'élé-

vation des sentiments du chancelier de Charles IX,
et dont Monsieur de Lussac se plaisait à suivre les
traces. Pourtant, dans cette paisible demeure, il
y manquait la vie ; et la vie, c'est le bonheur !

Amélie et son mari n'osaient parler à Monsieur
de Lussac de son fils dans la crainte d'élargir une
plaie qui ne s'était point cicatrisée ; mais lui, prit
l'initiative et dit : « J'ai reçu d'excellentes nou-
» velles d'Edmond ; il achève l'entreprise qu'il a
» commencée, et m'annonce son retour aux pre-
» miers mois de l'année prochaine. Cette promesse
» me donne un nouveau courage et affermit ma
» patience.»

« Je vous en félicite, Monsieur, reprit Madame
» Périer, car, vous avez maintenant en perspective
» un port où vous y verrez jeter l'ancre d'une main
» sûre, par l'exilé que vous attendez ardemment. »
C'est vrai, répondit le vieillard. — Pour nous, au
contraire, continua-t-elle « l'avenir est incertain ;
» l'horizon est obscurci par des nuages, puisque
» Maurice débute dans la vie, et que sa carrière
» n'est pas encore franchement déterminée. »

A quoi se destine-t-il, Madame, reprit Monsieur
de Lussac ? « Sur ce sujet répondit Monsieur Périer,
» nous ne lui avons fait aucune interpellation ; nous
» désirons, avant tout, qu'il achève ses études,
» parce que, c'est à mon avis le seul moyen qui

» permette de se tirer d'affaire dans les situations
» embarrassantes de la vie. » — « Ce que vous
» dites, Monsieur, reprit le vieillard, est très sensé;
» il serait à souhaiter que tous les parents eussent
» le même esprit de conduite; et c'est rare. Pour-
» tant, j'ai des voisins qui ont suivi les mêmes erre-
» ments que vous; aussi en sont-ils bien dédom-
» magés. » La conversation finie, Monsieur de
Lussac proposa à ses visiteurs de se promener sur
une charmante terrasse d'où l'on découvrait une vue
admirable ; et, après des compliments exprimés
avec un tact parfait, Madame Périer et son mari quittant Monsieur de Lussac, se firent conduire à
Saint-Hilaire. Trois quarts d'heure après, ils s'y
faisaient annoncer.

Cette visite causa une vive joie aux châtelains d'Ayat qui eurent la satisfaction de leur faire
accepter près d'eux quelques jours d'une gracieuse
hospitalité.

Aussi Madame Desaix s'empressa-t-elle d'écrire
à Monsieur Périer pour le prier de se réunir à
ses enfants. « Sans votre présence, disait-elle, la
» fête sera incomplète. » Le préfet de Clermont
céda aux instances de ses amis.

La pensée de la cordialité qui régna entre ces
deux familles rapprochées sous le même toit par une
sympathie sincère, nous suggère une réflexion aussi

naturelle que consolante, et que nous avons expé-
rimentée plus d'une fois ! « S'il faut rendre justice
» aux hommes éminents placés à des postes
» élevés, et qui savent par la mansuétude de leur
» caractère, se concilier les esprits et les cœurs, il
» nous semble, que cet hommage est mérité par
» les hôtes et les amphytrions de Saint-Hilaire. »

CINQ ANS APRÈS.

Si, comme l'a dit Massillon : « Tout passe,
» excepté Dieu ! » nous ferons remarquer que depuis l'exposition de notre récit, on a vu passer et
se succéder en France bien des vicissitudes politiques, ainsi que de cruelles épreuves. On a dû voir,
que si les lieux où nous avons placé nos personnages, ont été le refuge du malheur ; ils sont devenus le sanctuaire de ces types sublimes qu'on
rencontre de loin en loin, pour être, en quelque
sorte, aux yeux de l'humanité, un modèle accompli

ainsi qu'une égide contre la lassitude et le découragement; néanmoins, malgré les orages qui grondent
au-dessus de nos têtes, le temps marche et fuit....
En ce moment, ce régulateur de la durée des choses
humaines nous a fait arriver a 1806, l'année la
plus glorieuse de l'empire, puisque Napoléon re-
haussa l'éclat de la victoire d'Austerlitz, par le
traité de Presbourg, signé avec François II, et qui
mit fin à l'empire d'Allemagne fondé au xᵉ siècle.

Depuis 1802, Monsieur de Lussac a retrouvé de
la vigueur soutenu par l'espérance de mourir entre
les bras de son fils et de celle qu'il appelait avec
tendresse sa fille. Aujourd'hui, ses vœux se sont
réalisés ; ses enfants sont revenus en France et
habitent la Roche. Edmond de Lussac n'est plus
un jeune artiste français qui part pour l'école de
Rome ; mais un peintre de *premier ordre* qui a
laissé à la ville éternelle, une des plus pures renom-
mées de l'époque. Il ne rentrait pas au foyer paternel accompagné seulement de sa fidèle Alice;
mais de deux jeunes enfants pleins de vie et de
gentillesse.

A dater de ce jour, Monsieur de Lussac ne fut
plus un père aimé et respecté, plutôt un patriarche
chéri et vénéré dans le sanctuaire de la famille.
Il finit lentement son existence, au milieu de ce dernier printemps que lui faisaient ses petits-enfants.....

A Saint-Hilaire, le temps a transformé les situations; il a permis à Madame et à Monsieur Desaix, d'assurer à leurs enfants, un avenir conforme aux traditions de leurs ancêtres.

Après une année de surnumérariat, Joseph a été classé sur le rang des fonctionnaires du gouvernement. Depuis, il a suivi la filière, ce qui est de toute justice. En 1805, il fut désigné pour la recette particulière de Fréjus; de sorte qu'il est à peu de distance de Valette dont son grand-père l'a doté; et nous sommes portée à croire, que le petit-fils de l'amiral de Grasse fera vibrer dans le cœur de tous, les nobles sentiments du comte, qui avait pour devise : l'honneur, la patrie, la religion.

Dès le premier moment, Joseph éprouva une impression pénible à la pensée de s'éloigner de ses parents; néanmoins, la Providence lui réservait une puissante compensation : celle de se rapprocher de Roger de Montcalm. — Lui aussi, s'est distingué dès le début de sa carrière : Le ministre des affaires étrangères a remarqué en ce gentilhomme, une grande facilité pour la rédaction, et des connaissances solidement acquises sur le droit politique. C'est pourquoi, après avoir été inscrit sur le cadre d'avancement, il eut la faveur d'être nommé le 1er janvier 1806, secrétaire d'ambassade en Suisse, avec la permission de prendre au préalable, un congé de trois mois. Ce temps de repos sera mis à profit par Roger : Il cherche une femme raisonnable, ou plutôt, celle qui *discerne*, qui *apprécie et enseigne* par l'esprit *pratique du christianisme*. L'ami de Joseph Desaix l'a trouvée, cette compagne fidèle, en obtenant la main de la sœur de son ami.

Maintenant, si nous nous transportons par la pensée à la préfecture de Limoges, nous y voyons une petite fille née depuis deux ans, une petite Marguerite. Elle anime la maison, par son enjouement, et annonce des dispositions précoces qui rappellent celles de l'auteur à qui l'on doit des mémoires précieux sur sa famille, la célèbre famille Pascal. Néanmoins Marguerite Périer, ne fait point oublier l'aimable Maurice, bien qu'elle soit pour sa mère, un objet de joie et de consolation, quant à son frère, ce n'est plus un rhéthoricien ni un philosophe qui se distingue en faisant ses cours d'humanités ; mais un étudiant en droit qui se fait non-seulement remarquer par son avoir et sa persévérance ; mais encore par ses succès. Dans sa thèse, Maurice a montré autant de rectitude d'esprit que de sagacité ; ce qui lui a fait obtenir une dispense d'âge, pour entrer en qualité de secrétaire au conseil d'Etat, dont il est membre titulaire depuis le 15 août.

Monsieur Périer a quitté la préfecture de Clermont pour habiter avec ses enfants qui l'entourent d'une sollicitude tendre et respectueuse. Il est très fier de son cher Maurice qui entretient avec lui une correspondance intéressante et affectueuse.

A Saint-Hilaire, règne moins d'animation, il y manque la gaîté de l'enfance, les illusions de la jeunesse ; mais à défaut de l'attrait du plaisir qui n'est qu'une situation passagère, il existe cet état de calme qui se révèle par l'absence des peines. — Valérie et Robert Desaix se consolent d'être éloignés de leurs enfants, par la certitude que leur fille, la gracieuse Blanche, fait la joie de sa maison et l'orgueil des Montcalm, comme elle l'avait fait au sein de sa famille. Quant à Joseph, il est estimé de son administration, et respecté de ses inférieurs. A l'exemple de son beau-frère, il a fixé sa destinée. Le petit-fils de l'amiral de Grasse n'a point recherché une riche héritière, telle qu'on le croit indispensable à notre époque ; plutôt, une épouse qui lui rappelât les qualités rares et attrayantes de sa mère. Il doit prochainement se marier avec une petite nièce de Monseigneur de Belzunce, dont la mémoire est un honneur pour l'épiscopat, et un souvenir de vénération pour les populations du midi. Voilà comment le bonheur, objet constant des désirs chez tous les hommes, a été compris par la fille du comte de Grasse et par l'héritier des Desaix ; car ils ont su trouver à côté de la voix austère du devoir, la puissance du sentiment. Pénétrés l'un et l'autre, que le bonheur ne consiste pas dans la possession des biens de ce monde périssables, ils l'ont fait dérouler de l'amour, de la justice, du respect, de l'intelligence et de la liberté; enfin, de la foi en l'immortalité !

Pour Amélie Périer, le malheur qui lui a donné une raison précoce, a développé en elle, les facultés de son âme élevée ; parce que la plaie qui blesse le cœur, ne peut trouver son remède que dans le cœur même. Victime de l'égoïsme qui n'aime que soi, Amélie a fait jaillir de la puissance de ses nobles sentiments, l'amour qui agrandit les forces de l'âme et communique au cœur de nos semblables, ce penchant pour le vrai, pour les généreuses passions, persuadée que de ce penchant découle le bonheur qui survit à la passion. . . . .

. . . .

Concluons, qu'il existe entre les familles dignes de goûter quelque bonheur sur la terre, des relations frappantes, des harmonies incontestables semblables à celles qui rattachent entre eux, les *genres d'êtres* organisés, pour établir un concert de forces et de vies.

FIN

TABLE.

FIN DE LA TABLE.

Limoges.— Typ. F. F. Ardant frères.

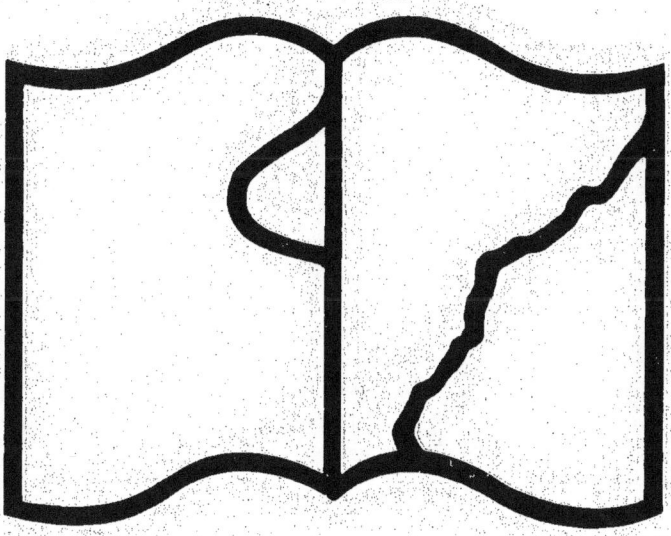

Texte détérioré — reliure défectueuse

NF Z 43-120-11

www.ingramcontent.com/pod-product-compliance
Lightning Source LLC
Chambersburg PA
CBHW061436030726
47503CB00005B/1434